色は匂へど 散りぬるを

夢幻の哈爾濱《ハルビン》

藤本美智子
Fujimoto Michiko

幻冬舎MC

色は匂へど散りぬるを

夢幻の哈爾濱《ハルビン》

色は匂へど散りぬるを●目次

ソ連邦
満洲里
満洲国
佳木斯
斉斉哈爾
松花江
哈爾濱
蒙古
ウラジオストク
長春
羅南
清津
葫蘆島
日本海
朝鮮
大連
黄海
0
100
200

プロローグ

私が入っている六人部屋の病室は四階にあった。その窓から見える桜の大木は今、満開の花を咲かせている。夕闇がせまり看護師がカーテンを閉める頃になると、ひとひらふたひらと散り始めた花びらが薄明かりの中に浮かび上がる。

眺めている者には、まるで白い蝶が舞い落ちているような錯覚を呼び起こす。

私のベッドは窓際近くに置かれていた。だから、風に煽《あお》られてこぼれるように落ち始めた花びらを、手を伸ばせば受け止められるのではないかと思う位、窓ガラスのすぐ側で見ることが出来る。

現実には自力でトイレに行くことも出来ず、乳児のように紙おむつを当てられて何本もの点滴に繋《つな》がれた身では、花びらを受け止めることなど出来るはずもないのだが……。

桜の花が全て散り終え、根元が白桃色の絨毯《じゅうたん》を敷き詰めたように蔽《おお》いつくされる頃には、私の命も尽き果てるのだろう。

母親を偲び葉桜の下で泣いているあなたの姿が瞼《まぶた》に浮かぶ。

昔のことは何も語らず、全てを秘めたままあの世に行こうと決心していた。長年、胸の奥底深く仕舞い込んできた秘密について、あなたが問い掛ける日が来るとは夢にも思っていなかった。

何もかも全てをあなたに託したのだから、医師とどういう話し合いが為されたのかは知る由《よし》もなかった。

ずっと昔から胃の調子は良くなくて、胸やけやむかつきなどの症状は時折あったが、全て環境から来るストレスのせいだと思い込もうとしていた。その都度、売薬を飲めば継続的な胃の不調もそれなりに治まったから、何十年もそうやって過ごしてきた。

さすがに古希《こき》を過ぎた頃から売薬では治まらなくなり、近くの内科で薬を処方してもらうようになった。その時の胃カメラの検査がかなり辛いものだったから、その後、医師の何回もの勧めにもかかわらず、私は検査を一切拒否してきた。

高齢者に検査を強いるのが当然という今の医療機関の風潮が、私には馴染めない。検査をしなければ的確な診断が出来ないのなら、もう診断してもらわなくてもよい。これ以上命を長らえたとて、これからの残された余生に何があるというのだろうか。

慢性的な胃痛も嘔吐感も、医師から処方された薬を飲めばとりあえずは治まった。

何事も我慢して、自分一人の胸の内に納める習性が若い頃から身に付いていた。思い返せば、人生の大部分をそうやって生きてきたような気がする。

あなたが嫁ぎ夫も見送った後は一人で生きてきた。私を束縛していた全てのものから解放されて、やっと得た自由だった。

残り少なくなった人生の後半で、ようやく手に入れることが出来た自由な時間を、たとえ医師といえども邪魔して欲しくなかった。

大正、昭和、平成と三時代を経験した。もう卒寿《そつじゅ》も越したのだから充分生きた。これ以上余分なことは一切何もせず、あるがままで別の世界に旅立ちたいと思っていたのだが、掛かり付けの医師に言われた。

「ご家族の方とお話がしたいので、こちらへいらっしゃれるように連絡して下さい」

とうとう来るべきものが来たのだと観念した。

「大きな病院で胃の精密検査を受けさせて下さいと言われたわ。ずっと前に一度検査しただけで、今まで全く何もしてなかったんですってね。この頃痩《や》せてきたようだからちょっと気にはなっていたのよ。お母さんは私に何も言わないんですもの」

私は医師でも看護師でもないけれど、自分の体のことは自分が一番よく分かる。私の病名はおそらく胃癌、それも、もう手術をして癌細胞を取り除くようなレベルではないだろう。もしかすると、その他の内臓にまで転移している可能性もある。

あなたが住んでいる市の大学病院に無理やり入院させられた。入院した以上、あれほど嫌だった検査を拒否するような我が儘は許されなかった。患《わずら》った老いの身に、様々な検査がどんなに苦痛を伴うものか、しょせん、健常者には分かるはずもない。

医師は手術不可能な末期胃癌とあなたに告げたかもしれない。それを悟られないようにしているのを薄々感じたから、私は何も知らない振りを装った。まだ、その位のことには気が回る知力が残されているのが有難かった。

「胃《い》潰瘍《かいよう》なんですって。手術をして悪い部分を取り除けばいいんだけど、今は体力がなさ過ぎるから薬で抑えてもう少し様子を見たいそうよ。もっと体力がついてきたらその時には手術も考えましょうって、お医者さんは言っていたわ」

あなたの言葉に強いて明るく接した。

「若い頃からいつも胃の調子は良くなかったから、やはり胃潰瘍だったのね。この歳で今さら手術なんかしたくないから、入院している間に薬で治ればいいわねえ」

散る桜の最期を愛《め》でながら自分の人生に終わりを告げたかったのだが、もう余命はあまり長くないと医師は判断したのだろう。六人部屋から個室に移された。この部屋に留《とど》まりたいと自己主張したら、病人の我が儘と受け取られるに違いないし、おそらくそんな要求は聞いてもらえないと思ったから、黙って指示に従った。もっとも、もはや自分では何一つ行動出来ないのだから、部屋を移るより他選択の余地はなかった。

カラカラと乾いた音を立てて、何本もの点滴をぶら下げたままベッドごと移動させられた。

新しい病室では頭を窓に向けて寝かされたから、視界に入る両横は真っ白い壁、もうベッド上から窓の外を眺めることは出来ない。身動き出来ない重病人には、外の景色など不用なものと思われたに違いない。

六人部屋から眺めたあの桜の大木に、心の中で別れを告げた。

何の変哲もない清潔さだけを売り物にしているような白い壁と、そこまでは清掃が行き届かなかったのか、みみずが這ったような染みの滲《にじ》んだ茶色っぽい天井だけが視界に入った。来る日も来る日も、それだけを眺めている病人の気持ちがどんなものか、忙しそうにきびきびと働いている病院の職員たちには絶対に分かるはずもない。

人間とは、実際に自分がその立場にならなければ相手のことを理解するなど不可能なのだ。私だって経験して初めて悟ったことは山ほどある。だが、悟った時はもう遅い。どんなに悔やんでも、過ごしてきた人生を再び巻き戻すことは出来ない。

たった一人、かけがえのないあなたは私に三人もの孫を授けてくれた。それぞれが伴侶と子供を連れて次々に見舞いに訪れた。意識が混濁する前に親戚一同に伝えるようにと、医師からの助言がおそらくあったのだろう。

孫娘たちに、それぞれ形見の指輪を手渡した。

遠い昔、あの人がくれた形見の品、プラチナの指輪は一番年長の孫に、もう二十三回忌もすました夫が、薬指にはめてくれた金の結婚指輪は二番目に、そして、母から受け継いだ銀の指輪は末っ子の孫に与えた。

プラチナの指輪を売って金銭に換え、貧乏のどん底にあった困窮から救われたいと何回思ったことだろう。だが、いずれはあなたに渡したいために、売ることなく何とか凌《しの》いで日本まで持ち帰って来た。でも、もう飛び越して孫に渡してしまおうと心に決めた。

一番裕福な結婚生活を送っていると思われる年長の孫は、おそらく指輪を売ったりするようなことにはならない。あの人の形見を大事に守ってくれるに違いない。

酸素マスクも宛《あて》がわれ、皆が頻繁に病室を訪れるようになってきたから、自分の死期がそう遠くないであろうと悟った。

昔の出来事には一切触れず、このまま潔《いさぎよ》く死を待とうと思っていた。それなのに、忘れるつもりでずっと封印してきた秘密の中に、あなたはとうとう入って来ようとしている。

「お母さん、私に何か伝えておきたいことがあるんじゃないかと思うんだけど」

「銀行の通帳もカードも実印も、皆あなたに預けたからもう何も心配するものはないわ。孫たち全員に形見も渡したしね」

「形見だなんて……。私が知りたいのはそんなことではないの。お父さんのことなの」

「お父さん……」

「私の本当のお父さんは誰なの？　二人が入院して初めて知ったんだけど、お父さんとお母さんの血液型は二人ともA型、私はAB型よ。A型同士の両親からAB型の子供は決して生まれるはずがないわ。二十三回忌を終えたお墓の中の人は、私の本当のお父さんではなかったんでしょう。私にB型の因子を授けた本当のお父さんは一体誰なのか、教えて欲しいの」

　私が入院した時から、ベッドに取り付けられた血液型の表示を見て、あなたはずっとこの問いを母親に投げ掛けたかったに違いない。問い掛けるか否か、心の中でずっと葛藤を持ち続けていたのであろう。そして、私の死期が近いのを知って、とうとう問わずにはいられなくなったのだ。

　亡くなった夫も私もA型、AB型のあなたが持っているB型の因子はあの人のもの。ひととき私の前に現れて身も心も一つになったはずだったのに、戦乱の世は二人を永遠に引き離してしまった。

あの人が残してくれた唯一の忘れ形見、あなたがいたからこそ私はどんな苦労にも堪えられた。この歳まで生き抜いてこられた。でも、実の父親のことを話すには、満州の哈爾《ハル》濱《ビン》での生活を話さなくてはならない。そこには、自分の娘にだけは決して知られたくない過去がある。手振りで酸素マスクを外してくれと頼んだ。

「外しても大丈夫なの？」

「ええ、少しの間は大丈夫。こんな大事なことを話すのに、マスクなんかしていては無理よ。あの世まで黙って持って行こうと思っていたんだけど」

「そんな……、本当のお父さんのことを何も知らない残された私は、どうすれば良いの。お願い、教えてちょうだい」

「あなたが生まれた時、あの人の生死は誰にも分からず、後から亡くなったと聞かされた。だから、あなたには本当の父親のことは何も話さなかったの。戸籍上の昌之《まさゆき》だけを、実の父親と思って育って欲しいとずっと思っていたから」

「お母さんの血液型を知るまではそう思っていたわ。お父さんから納得出来ない理不尽なことを言われても、親なんだから仕方がないと諦めていた。でも、実の父親でなかったのなら、やはりそうかと今にして思い当たることはたくさんある。もう亡くなった人のことを悪くは言いたくないけど、心の奥底で、本当にこの人は自分の父なんだろうか、実の娘にこんな暴言を投げ付ける親がいるのだろうかと、疑問に感じたことも何回かあったわ。物心付くようになっても、私の側にはお父さんはいなかった。小学一年生の時、初めてお父さんだという見知らぬ男の人が現れて家族となり、随分戸惑ったのをよく覚えている。それが、戦争のせいだったと言われて、その時は子供心に納得したけどずっと違和感は感じていたの」

「あなたには辛い思いをさせてしまったのね。ごめんなさい」

謝罪の言葉を告げて、私はさも息苦しそうに装った。半ば意識が混濁しているように見せ掛けた。私の過去にそれ以上深く触れて欲しくなかったから、いかにも大儀そうに眼を瞑《つぶ》った。

もっともっと実の父親について訊きたかっただろうに、母親の体を気遣ったのか、今更、自分が生まれる前に亡くなったらしい父親のことを質《ただ》しても仕方がないと思ったのか、それ以上あなたは深く問い詰めてはこなかった。

私がいかにも憔悴《しょうすい》しているような態度を示したから、また、日を改めて訊こうと思ったのかもしれない。だが、明日という日が果たして私に残されているのだろうか。

黙して眼を閉じている痩せ衰えた私の手をそっと握り、酸素マスクをまた口元にあてがってくれた。

新天地へ

一

昭和十二年、大分県臼杵にある、尋常小学校に付随している高等小学校を卒業したばかりの私は、福井県の敦賀港から朝鮮の北にある清津《チョンジン》港に向かう、日本海定期航路の連絡船の中にいた。

巷では「俺も行くから君も行け。狭い日本にゃ住み飽いた。海の彼方にゃ大荒野。そこにゃ四億の民が待つ」などという歌が聞こえ、広い大陸で一旗揚げたいと思う人々が、続々と朝鮮、満州を目指して日本を後にした。

私の父もまた、彼らの群れの中に混じって家族で朝鮮に渡ることを決意したのだった。養子に入った呉服問屋の身代を食い潰しての果てだと親戚たちは噂していた。

養子に入る前に携わっていた大工という手に職があるのを頼りに、建築ブームで沸きかえっている大陸で、何とかもう一度身を立て直したいという思惑があったらしい。

私は十四歳、十二歳の弟、順一も尋常小学校を卒業したばかりで、妹の雅子は八歳、和子は五歳だった。

おそらく、父は私と順一の卒業を待っていたのだろう。

もう三月末には、公園になっている臼杵城跡の満開の桜並木を横目に、敦賀へ向かう列車に乗り込んでいた。家族六人で列車に乗るのも、ましてや船に乗るのも全く初めての体験だったから、子供たちは皆浮かれ立っていた。

だが、船旅は決して快適ではないのを初めて知った。

三等客室の大広間にごろごろ雑魚寝《ざこね》している私たちは、日本海の荒波に揉まれて全員が船酔いに悩まされた。身重の母が一番酷かった。父は心配気に母に付きっ切りだったので、長女の私が親の代わりを務めなければいけないと、自分の嘔吐感に堪えながら妹たちの背中をひたすら擦ってやった。


やっとの思いで辿り着いた清津港には、間もなく四月だというのに身を切るような北風が吹きすさんでいた。土色の荒涼とした殺風景な大地が見渡す限り拡がっており、緑に蔽われた日本とは全く異なる風景だった。

停泊している大型輸送船で運ばれて来たらしい、武装した大勢の日本兵の姿を間近に見て、私はただ怖いという印象しか持たなかった。兵隊たちの周りに、何か殺気立った気配を感じ取ったのは自分だけだったのだろうか。

「俺も早う大人になっち、こげん兵隊さんたちのようになりたいと」

順一などは眼をきらきら輝かせて、皆が大事そうに抱えている銃を食い入るように見詰めていた。

体の底からしんしんと冷え込んできたので、私たち一家は早々に、目的地の羅南《ラナム》に向かう列車に乗り込んだ。

「日本人が大陸へ進出する政策は、軍が主導権を握っち推し進めているんじゃけん、俺たちはしっかり軍に守られとると。羅南には道庁も設置され軍の司令部も置かれとる。日本が造り上げた軍都じゃけんのう。こんからは政治と軍事両面にわたる、日本にとっちゃ朝鮮の重要都市となるはずじゃ。仕事はぎょうさんあるぞ」

父は得意げに母に説明していた。

確かに、羅南には大勢の兵隊たちが駐屯しており活気があった。

街中に飛び交う朝鮮語を聞かなければ、とても他所《よそ》の国にいるとは思えなかった。日本人だけが経営している商店街もあちこちにあって、日本に住んでいるのと何ら変わらない生活が続けられた。

父の思惑通りこの地では大工は引く手あまただった。日本にいた頃と人が変わったように、父は日々忙しくきびきびと立ち働いた。

もともと商人の仕事が性に合わなかったのだろう。職人として思う存分自分の腕を振るえるこの土地の生活が、すっかり気に入った様子だった。

呉服問屋に養子に入ったのは、母のためだったと聞いたことがある。

大工の腕を見込まれて店を改築するのを任された父は、そこの一人娘だった母と恋に落ちた。二人が一緒になる条件は、婿養子に入って呉服問屋を継ぐことだったから、父は商人になる決心をした。高齢になった母の両親を相次いで見送った後は、店の全てを取り仕切っていた大番頭を頼りにして、何とか経営を維持していたが、その大番頭も年老いて亡くなってから、父は変わってしまったのだと聞かされていた。

「腕のいい職人じゃったけんど、商売には向かん人じゃった。一家の柱として店を背負っち立つ重圧に堪えられんようになったのかもしれん。博打《ばくち》に手を出すようになっち、挙句の果て、多大な借金を作っちしもうたんじゃや。店を手放すしかしょうがなかったと」

父に代わって、母は子供に懺悔《ざんげ》でもしているようだった。

「女学校にも上げられんち、こげな所まで連れて来てしもうち、すまんな。けんど、お父さんはうちと一緒になるために、自分の好きな仕事を棄てたんじゃけん、今度はうちが、お父さんが好きな道に進むのに協力しよう思ったんよ」

母にそこまで言われては、私だって両親を手助けしない訳にはいかない。

自分が今まで携わっていた仕事を放棄してまで、母と一緒になりたいと願った父は、本当に母のことが好きだったのだろう。私は愛し合った両親に恵まれて生まれ育ったのだから、たとえ僅かでも、自分なりに出来ることがあれば協力しようと決心した。

羅南に来てから、弟、孝次が生まれたので、既に二年間の高等小学校を卒業していた私は、母を手伝って家事の切り盛りをした。

順一と雅子は、日本人のためだけに造られた羅南公立小学校に通学し始めた。

順一は高等小学校一年生、雅子は尋常小学校三年生で、まだ学校に通える年齢の弟、妹が登校するのを羨ましく見送った。本当は、私も高等小学校の上にある女学校まで進学したかった。だが、ほとんど無一文で朝鮮まで来て心機一転を図っている両親を見ていて、とてもそんなことは口に出せなかったし、しょせん、不可能であることも充分承知していた。

外界との仕切りの窓は二重になっていて、土間の炊事場で煮炊きすると、その火炎がそのまま部屋の床下の煙道を通って煙突に流れていくオンドルになっていたから、室内はかなり暖かかった。だが、いくらか春の兆しが見え始めたとはいえ、まだ冬の寒さが残るシベリアおろしの北風が屋外では冷たく吹き荒れていた。その北風の中を母が作った弁当と大工道具一式を手に、父は早朝六時にはもう家を出ていた。

日本を離れてから目を見張るように働き者になった父を中心に、家族七人の新しい生活はやっと羅南に根付き始めたのだった。だが、まだ一年も経たないうちに父が突然仕事場で倒れた。

心筋梗塞という病名の下《もと》に、十日ほどの入院であっけなく他界してから一家の人生が狂い始めた。

父亡き後、日本から遥か離れたこの北の大地に、母と私たち五人の子供が残された。放り出されたと言っても過言ではあるまい。何の技量もない母が、女手一つで五人もの子供を養っていくなどおよそ不可能だった。

両親は内地における全ての物を処分して外地にやって来たのだから、今さら日本へ帰っても生活していく当てがあるはずもなかった。

母は内地からはるばる持って来た大切な着物を、次々と手放して当座の生活の糧《かて》にした。愛おしそうに着物の一枚一枚を手に取って眺めつくしてから他人の手に委ねるのを、隣の部屋からそっと垣間見ていた。呉服問屋の一人娘として大切に育てられたであろう母にとって、着物との別れはさぞかし辛かったに違いない。

「女の子が三人もおるに、晴れ着の一枚も手許に残しておけんと、本当に不甲斐ない親じゃねえ」

袂《たもと》でそっと涙を拭っている母を慰めた。

「お母ちゃん、着物よりも今は食べ物の方が大事じゃやけん。こんお陰でうちたちはひもじい思いをせんですんどるんじゃけ、そげん泣かんといて」

着物の売買をしている、近所の顔馴染みの小母《おば》さん、山木さんが母に言うのが聞こえた。

「ハルビンで料理屋をやっている知人が、真面目な若い下働きの女の子を探しているんだけど、紀代ちゃんを手放す気はない?」

「ハルビンっち満州じゃろう。ここん地よりもっとずうっと北じゃね。寒さもきついじゃろうし、それに遠かとねえ」

「何言ってるのよ。内地から離れてこんな羅南にまで来てしまっているんだったら、朝鮮であれ満州であれ、外地なら何処《どこ》だって同じじゃない。とにかく食べていかなきゃならないんだからさ」

母はほとんどの着物を売ってしまったが、その中で唯一、父との思い出の品だとか言って、赤い色と紫色、青色の入り混じった矢絣《やがすり》の銘仙《めいせん》の着物だけは手許に残していた。

三人で話し合ってハルビン行きを決めてから、それを小柄な私の身の丈に合うように縫い直してくれた。

まだ薄ら寒い三月初め、両親の思いが込められている矢絣の着物の上下に身を包み、風呂敷包み一つを手に抱え、家族と別れて小母さんとハルビンに向かうことになった。

列車に乗り込む時、母が編んでくれた赤い毛糸の襟巻を首に巻いていたのに、さらに母は、自分が身に着けていた毛糸の藤色の肩掛けでそっと肩を包んでくれた。お互いに涙で一杯になった眼で見詰め合った。

親元を初めて離れ、見知らぬ土地へ向から不安と緊張感はあったが、家族を養うためには、長女の自分が働かなければならないという使命感の方が強かった。

二

山木さんは仕事であちこちに出掛け、いろんな人と会う機会が多いせいか、今の社会状勢やハルビンという街に対する知識がとても豊富だった。

車両の四人掛けになっている堅い木の椅子に座って落ち着くと、ふかし芋を差し出してくれて、これから向から新しい街についていろいろと教えてくれた。

「ハルビンは中国には違いないけど、羅南と同じように日本人がたくさん住んでいるから安心だよ。羅南と違うのはロシア人が大勢いて、その他、ドイツ人、ポーランド人、ユダヤ人、朝鮮人とか、他にもいろんな国の人が住んでいるってことだよ」

「うち、ロシア、ドイツと朝鮮の名前位は知っとるけんど、ポーランド、ユダヤなんち、ぜんぜん知らんかった」

「世界は広いからね、私たちが知らない国がたくさんあるのさ」

「どげんして、中国にそげんいろんな国の人がいるんじゃろう」

素朴な疑問を小母さんに投げ掛けた。

車内は比較的空いていて、向かい合った四人掛けの椅子に座っているのは私たち二人だけだったが、小母さんは周囲を見回し、私に体を近付けて小さな声で話し始めた。

「大きな声では言えないけどね。大正時代の初めに孫文《ソンブン》という人が発起した辛亥《しんがい》革命で清《しん》朝《ちょう》が倒されて、中国は一応共和制になったんだ。だけど、政府の力が弱くて国を纏《まと》めることが出来なかったのさ。せっかく革命を起こして成功はしたのに、孫文は志半ばで亡くなった。だけど、亡くなる時に、後の世の後輩がきっとそれを達成してくれるはずだと言い残したそうだよ。でも、いまだに政府の力は微弱だからね。そこに付け込んで、いろんな国が自分の国の得になるように中国に押し寄せて来たんだ。もちろん、日本もね。まず初めは、ロシア皇帝のニコライ二世が、中国清朝の皇帝と不平等条約というのを結んだんだよ。ロシアって国は、遥か北の方の寒い地域にあるからね。出来るだけ南へ下って、冬でも凍らない港が欲しかったんだよ。だから、飴と鞭で中国を丸め込んで、遠いシベリアのウラジオストクから大連《ダイレン》まで繋がる、シベリア横断の鉄道を引く権利を得たのさ」

「そげんとですか、中国の革命の話なんち初めて聞いたと。学校の地図で見たことがあるけんど、満州の山や森を抜けて、もの凄う長い距離をずうっと鉄道は通っちょるんですか」

「そうだよ。鉄道を通すってことは、その土地を支配しているようなもんだからね。得るものは大きいよ。だから、日本だって黙っちゃいなかったのさ。これは明治時代の話になるけど、日露戦争に勝って、日本は長春《チョウシュン》から大連までの鉄道の権利をロシアから奪ったんだよ。それが満鉄の始まりさ。何しろ今じゃ、日本の特急あじあ号がハルビンから大連まで走っているんだからね」

「ロシアのような大きか国に、日本が勝ったとですか」

「そうさ、私たちの国もたいしたものだと思うよ。でも、それだけじゃない。満州事変で中国と戦ってまた勝ったから、日本は天狗になったんだね。あれは確か昭和七年だったと思うけど、とうとう中国の北に満州という国を無理やり作り上げたんだ」

小母さんは頭を巡らしもう一度辺りを見て、もっと声を潜めて話の続きをしてくれた。

「誰も他の人は聞いていないよね。その後、一回は滅びた清朝の皇帝溥儀《フギ》をまた返り咲きさせたのさ。でも、皇帝とは名ばかりで実権は日本の軍、関東軍が握っている。満州を好きに牛耳《ぎゅうじ》っている。まあ、そのお陰で私もこうして外地で商売が出来ているんだけどね」

小母さんの話は面白くて、せっかくもらったお芋を食べるのも忘れすっかり惹き込まれてしまった。

「社会科で大連っち名前、聞いたことがあると。東洋のパリと言われとっち、もの凄うきれいな街じゃっち、学校の先生が教えてくれたとです」

「へえ、紀代ちゃんはよく覚えているね。こんな歴史の話を熱心に聞いているところを見ると、きっと学校の成績も良かったんだろう」

思わず頷いて、私は言ってしまった。

「本当は女学校に行きたいっちずっと思うとったんです。でも、もうええんです。うちは家族のために新しい街でぎょうさん働くけん」

「偉い！　その心意気だよ。昔、ハルビンは小さな漁村だったそうだよ。それが、大勢のロシア人が住むようになり、今じゃ商工業が発展してたいした国際都市になってしまった。人間だって努力すれば、ハルビンのようにどう変わっていくか分からないからね。ロシアはハルビンを東洋のモスクワにするんだと言って、街のど真ん中に、聖ニコライ会堂というロシア正教会の総本山まで造っちまったんだからね」

「ロシア正教会?」

「宗教のことはわたしゃよく分からないけど、ほら、耶蘇教《やそきょう》っていうのが日本にもあるだろう。何でもその一種らしいよ」

「屋根に十字架が付いちょる建物を知っとります」

生まれ故郷の臼杵にある教会を懐かしく思い出した。

「うちたち家族が住んじょった臼杵にもあるとです。臼杵は切支丹大名の大友宗麟《おおともそうりん》が治めた場所じゃけん」

「そうか、大友宗麟って大分県一帯を統治してた人だよね。その人の名前を知っているなんて、紀代ちゃんは日本の歴史もよく覚えているんだね」

「うちだけじゃなかとです。臼杵では大友宗麟は有名な歴史上の人じゃけん、学校で詳しゅう習うたとです。大体の人が名前を知っちょるんです」

「そうかい。私は東京から出たことがなかったから臼杵という所はよく知らないけど、紀代ちゃんはそういう城下町で生まれ育ったんだね。外地なんかへ来たくはなかっただろうに」

本心を隠し切れず、またもや頷いてしまった。

「父ちゃんの商売が駄目になっち、お店も手放さんといけんようになったけん仕方がなかったとです」

「外地にいる人は皆いろんな事情を抱えているんだねえ。それは私も同じだけどさ。ここには様々な考え方の人がいて、日本にいた時のような押し付けがましい島国根性は通用しないから、私は満州が好きだよ。ま、私は半分日本から逃げて来たようなもんだけどね」

一瞬、小母さんの顔に蔭りが見え、列車の窓から遠くを見詰めて何かを思い出している風だった。そして、自分のことにはもう触れたくないかのように、また、話題を教会に戻して話し続けた。

「耶蘇教にもいろいろあって、大友宗麟はカトリックだったそうだからロシア正教とは全く違うと思うよ。建物も日本で見るのとは異なる独特の形をしているんだよ。ネギ坊主のような屋根があって、そのてっぺんに金の十字架が天を目指してすっくと立っているのさ。それに陽が当たるとキラキラと輝いて、深い木立に蔽われた中から見え隠れするのは本当にきれいだよ。あの建物に惹かれて耶蘇教に入る人もいるんじゃないかと思う位だよ」

「そげんきれいか教会、見てみたいと」

「あ、そうだ、紀代ちゃんが働くことになっている料理屋は埠頭区（プリスタン）という所にあるから、多分、同じような教会を見ることが出来るよ。聖ニコライ会堂は新市街

（南崗）にあるから遠くて見られないと思うけど、聖ソフィア大聖堂というのがプリスタンにあるんだよ。同じネギ坊主の青い大きなドームの上に、やはり、きんきらきんの十字架が立っていて、こっちの方がかえって煌《きら》びやかかもしれないね。お使いなんかで外に出た時にきっと見られるさ。さあ、列車が着く前に早く芋を食べておしまい。ほら、お茶もあるから」

丸い大きな水筒を手渡してくれた。

「ハルビンにはいろんなチャンスがあるからね。私が男でもっと若かったら、ここで一旗揚げようと考えるんだけど女はつまらないよね。幾ら頑張ったって、いつも上には男がいる。でも、紀代ちゃんが私位の歳になる頃には時代も変わっているかもしれない。女だって自分を主張して、能力があれば男の上に立つことが出来る、そんな風になっているかもしれない。初めは下働きでも将来どう変わるか誰にも分からないんだから、頑張るんだよ」

「はい」

「あ、これは大事なことだから紀代ちゃんに注意しとくけど、ハルビンは凄い都会だからね。方言を丸出しに喋っていると馬鹿にされるから、出来るだけ標準語で話すように気を付けるんだよ」

「そげんですか、あっ、ちごうた。そうですか」

慌てて私は言い直した。

十四年も生まれ育ってきた臼杵の方言を直せと言われても、そう簡単に出来るものではないと思いつつも、改めて気を引き締めた。

羅南を発った時は不安に打ちひしがれそうになっていたが、山木さんの言葉を聞いているうちに、ハルビンという知らない街が、何かこれからの自分の人生に希望を与えてくれそうな気がしてきた。私の気を引き立てるために、小母さんはきれいな教会の話をしてくれたのかもしれない。

小母さんのことは、母と同じ位の年齢でただの近所の人だと思っていたけど、側で改めて見るとずっと若いのが分かった。わざと地味な身形《みなり》を装って、目立たないようにしている風にも見えた。それに、生き生きと歴史や政治の話をしてくれて、まるで学校の先生のようにとても物識りだということも分かった。

私なんかが窺《うかが》い知れない、何か事情があって日本を離れたらしいと察した。

分かれ路

一

小母さんとハルビン駅に着いた。

日本の兵隊であふれかえっていた羅南とはあまりに異なる街の様子に、目を見張った。

日本語に近いような柔らかな口調の朝鮮語ではなく、高低のある速い響きの発音を発している中国語に圧倒された。初めて見た、白い肌に金髪の青い眼をした大柄なロシア人の姿には、美しさと同時に怯えも感じた。

駅の近くには鉄道線で囲まれた大きな一画があり、ずらっと連なった倉庫がどこまでも続いていていた。

くすんだ紺色の、やや襟が高い短い上着に揃いのズボンを穿いて、踵《かかと》がないペタンとした布製らしい破れた靴を履いている、中国人らしい人たちがたくさん働いていた。皆、一目で貧しいと分かる薄汚れた身形で、一様に殺伐として疲れ果てた表情をしていた。

「この辺りは八区（八砧《パージェン》）と言ってね、輸送貨物の乗り換えや一時保管のための倉庫街なんだよ。ずっと奥の方には穀物を加工する製粉工場や、大豆油の工場などが一杯建っている。見て分かるように、働いている人たちは皆、苦力《クーリー》と呼ばれている中国人なのさ。その日暮らしの貧しい生活らしいけど、仕事があるだけまだましというもんだよ。働きたくても仕事にありつけない人もたくさんいるんだからね。働きたいのに仕事がないなんて、こんな世の中は間違っている、上の者たちが皆、搾取しているからだよ」

憤りを込めて話しながら、小母さんは何か自分たちが悪いことでもしているように、中国人の群れから目をそむけて、私を引っ張るようにしてそそくさとその場を立ち去った。

駅から真直ぐに延びた大きな通りは立派な石畳だった。両脇にはどっしりとしたビルが建ち並び活気に満ちあふれていた。ビルの看板は日本語が多かったけれど、その他に英語でもなさそうな何だか分からない横文字が書かれているのが目立った。たまに漢字だけで書かれた看板もあったから、あれはきっと中国人の店なのだろうと思った。

「小母さん、あの横文字は英語のようには見えんとじゃが、どげん国の言葉じゃろか」

またもや、慌てて言い直した。

「あの横文字は英語のようには見えないけど、どこの国の言葉ですか」

小母さんは私の硬い口調に噴き出しそうにしながら答えてくれた。

「そうそう、その調子だよ。でも、よく気が付いたねえ。あれはキリル文字というロシア語なんだよ」

「小母さんはロシア語が読めるとですか。違うた、読めるんですか」

「そんなに一回一回言い直さなくてもいいから、少しずつ気を付けていけばいいんだよ。私にロシア語を読めるような学があるはずがないだろう」

「でも、今、確かキリル文字っち言うとったけんど」

「その位のことは知ってるけどね。朝鮮語も中国語もロシア語も、私に言えるのは『こんにちは、さようなら、ありがとう』だけさ。商売に必要だからね」

「いろんな国の言葉が喋れたら楽しかとねえ」

「ハルビンで商売するにはとても役立つだろうよ。ここは、ハルビン銀座と言われている中央大街（キタイスカヤ）、この街で一番賑やかな通りだよ。大型商業建築が軒を並べている。この辺りはプリスタンと言われていて、日本人が一番多く住んでいるんだよ。金持ちの中国人、ロシア人も住んでいて、外国人の商人が集まる商業街さ。商業ではユダヤ人が一番力があるそうだよ」

「ユダヤっちゅう国は、一体どげん所にあるとですか」

「ユダヤという国は今は決まった地域になくて、ユダヤ人はあちこちに散らばっていろんな国に住んでいるそうだよ。だから、皆、自分の住んだ場所で目いっぱい商売を頑張るんだよ。守りが堅くて、ユダヤ人以外の人を仲間にすることは絶対ないらしいよ」

「小母さんはぎょうさん、いろんなことを知っとるとですね」

「全て聞きかじりだけどね、知っていて損することは何もないから、私は何でも聞いて、そして、機会があれば見ておくのさ。ほら、あそこに日本や朝鮮の銀行の支店もあるだろう。まあ、私たち貧乏人には関係ない所だけどさ。資本主義というのは金持ちはもっと金持ちにし、貧乏人はいつまでたっても浮かび上がることは出来ないようになっているんだよ」

資本主義などという言葉が小母さんの口から飛び出したのにも驚いたが、その口調の激しさにもちょっとたじろいだ。でも、確かにそうかもしれないという思いは私にもあった。

今まで見たこともない大きな商業ビルには、三井物産、三菱商事、松浦商会など、日本語の看板が掲げられていて本当に日本の国のようだった。今、自分が中国にいるのだとはとても思えなかった。

八砧で見かけた人たちとは違い、通りを歩いている人々は皆整った身だしなみをしていて、顔立ちも様々だった。

私たちは大通りから外れて横の裏道に入った。そこは、一目で歓楽街と分かる気配が漂っていた。まず、派手で華やかな看板が目に付いたが、日中のせいか通りに人の気配はなかった。剝《は》がれた何かのポスターが空しく風に煽られているのが、周囲の雰囲気をうら寂しいものにしていた。

ずっと目にしてきたような四角い石造りのビルではなく、いかにも日本風の家屋が何軒か現われ、少しホッとすると同時に懐かしさを感じた。だが、いずれも私が見慣れていた平屋のこぢんまりした家ではなく、独特の造りをした三階建てのどっしりした構えで、何となく周囲に艶やかな気配を漂わせていた。

その中の一角、千歳屋《ちとせや》と看板の出ている一棟の、横手にある出入り口に連れられて入った。

「こんにちは、山木です。今、羅南から着きました」

「まあ、いらっしゃい。お待ちしていましたよ。疲れたでしょう」

女中の案内もなくすぐに明るい大声で迎え入れられた。

豊かな髪を高く束髪《そくはつ》に結いあげ、色とりどりの縞模様の入った緑色の着物に身を包んだ、自分の母親くらいの年代の人が目の前に現われた。襟を抜いて胸元を開けた着物の着方が母親の着物姿と異なり、何だかとてもあか抜けて見えた。

奥の帳場らしい場所に通された。文机《ふづくえ》の上には大きな算盤《そろばん》とたくさんの伝票らしき物が取り散らかすように積み上げられていた。

山木さんがおもねるように口火を切った。

「相変わらずご繁盛のようですね」

「まあ、軍需景気というのか、今はもう本当に人手が足りなくて忙しいんだけどね。戦争の状況次第では今後どうなることやら分からないよ」

「何ですか、内地は結構大変という話も耳に入ってきますからね」

「ここは軍人さんが大勢出入りするんだから、うかつにそんなことを言っては駄目ですよ」

「すみません、うっかり口が滑りました」

「山木さんが紹介したいと言ってきたのは、そちらの娘さんかい」

隅の方で小さくなっていた私に目が向けられたので、か細い声でとりあえず挨拶だけはした。

「こんにちは、岡島紀代子です。よろしくお願いします」

「知り合いの娘さんなんですが母親に代わって家事も全部やっていましたし、とてもいい子ですからよろしくお願いしますよ」

「へえ、なかなか器量よしじゃない。確か十五歳って聞いていたけどちょっと小柄だね。痩せているし忙しい下働きの仕事が務められるかねえ」

ここで断られては大変だと思ったので、ひたと女の人を見詰めながら一生懸命に自分を売り込んだ。

「体は丈夫じゃけん。いえ、丈夫です。まだ手のかかる小さい弟がいるので母の代わりに家事は全部やっていましたから､何でも出来ます。お願いします。ここで働かせて下さい」

「まあ、何て健気《けなげ》なんだろう。それに、私を見詰めるこの子の凜とした涼しい目元、気に入ったよ。じゃ、しっかりおやり」

「良かったねえ、紀代ちゃん。女将《おかみ》さんが気に入ってくれて」

「はい、ありがとうございます」

「でも、この子だったら寿楽亭《じゅらくてい》よりここ千歳屋の方がいいんじゃないのかい。別にどっちでも構わないんだろう」

「ええ、そりゃあもう、前もっていただいた支度金などはすぐになくなってしまいますからね。働かせていただいてお給金さえちゃんといただけるのなら、より好みなんかしませんよ。何しろまだひと稼ぎも出来ないうちに、この子の父親が五人の子供を残して急死してしまったものですから、この子が一生懸命働かないと、幼い弟妹《きょうだい》が飢え死にしてしまいますからねえ」

「それじゃ、なおさら千歳屋の方がいいよ。下働きじゃろくな稼ぎにもならないけど、ここは寿楽亭よりずっと手広くやっているからね。そのうち、本人の腕次第で幾らでも親に仕送り出来るようになるさ。磨けば光りそうだよ、この子」

「じゃ、とにかくよろしくお願いします。可愛がってやって下さい。この歳で親元を離れて、はるばる朝鮮から満州まで来たんですから」

私を千歳屋に預けて帰る間際、山木さんは店の片隅に私を手招きしてそっと囁《ささや》いた。

「こんな遠くに連れて来てしまって、ごめんね。でも、ここが一番紀代ちゃんが家族のためにお金を稼げる場所なんだよ。それに、ここの女将さんは信頼出来る人だし、紀代ちゃんならどんな環境にいてもきっと頑張れると思ったんだ。私は多分もう羅南には住めないと思うので、ここで紹介料を貰って私も助かったんだよ。ありがとう」

心なしか山木さんの眼にうっすらと涙が滲んでいるように見えた。

私の方こそお礼を言うべきだと思って、慌てて言った。

「うちたちこそ小母さんにすっかりお世話になったんじゃけん、ありがたく思うちょると」

寿楽亭と千歳屋にどういう違いがあるのかなど、十五歳の私に分かるはずもなかった。料理屋、寿楽亭の下働きとして連れて来られたのだったが、それよりも、もっと大きい千歳屋という店で働くことになった。下働きの仕事はどこでも似たようなものなのだろうからと、そのことを私は気にも留めていなかった。

二

早速、千歳屋で働いている女たち全ての総監督をしている、遣り手の富美さんに引き合わされた。自分の母親よりかなり年上と見られる富美さんは、痩せていて背が高く紺色の着物をきりりと着こなしていた。

品定めするように見下ろされた大きな瞳に、一瞬たじろいで挨拶するのもおろそかになってしまった。

「何だい、挨拶もろくに出来ないのかい」

体に似合わない太い声だった。

慌ててさっきよりもっと小さな声で自分の名前を名乗り、頭を下げた。その後、下働きの千代と八重子に紹介された。

「千代、この子をお前たちの部屋に案内しておやり。新入りが入ったから仕事が少しは楽になるし、もっと素早くこなせるようになるだろうよ」

千代は私よりかなり年長のように見えた。色黒のがっちりとした体型で、じっと見詰める細い目に、富美さんを紹介された時と同じような威圧感をやはり感じた。

私とほぼ同じ年頃らしい八重子は、色白のぽっちゃりした大柄な女の子で、にっこりと微笑んでくれたので少しホッとした。

背が高い三人の女たちに取り囲まれ、痩せていて小柄な私はますます体を小さくした。炊事場のすぐ脇にある、二人が寝起きしている四畳半の部屋に案内された。

ハルビンでの生活は、畳のささくれ立った窓もない暗いこの女中部屋から始まった。


下働きの朝は早い。誰よりも早く五時にはもう起き出さなければならないが、父が仕事に行く時は私も同じように早起きして母を手伝っていたから、朝が早いのは苦ではなかった。だが、三月といえどもハルビンの気温は零度を下回ることが多く、羅南よりもっと厳しい寒さに身が震えた。もう少ししたら春になるのだからと思いつつも、真冬の寒さはどんなになるのだろうかと案じられた。

下働きの仕事の采配は年長の千代に任されており、まず新入りに託されたのは山のような洗濯物だった。大きなたらいと洗濯板、固形の洗濯せっけんを渡され、午前中にはそれらを片付けるようにと言われた。必死になって一人で、来る日も来る日も洗濯物と取り組んだ。

頭のてっぺんまでぴりりと感じるような冷たい水に何時間も手を入れているのは堪え難かった。新しい街で頑張ると決心した初めの心構えもどこへやら、思わず落とした涙が輪になって、たらい一杯に拡がっていくのを空しく眺めた。

中庭の半分を占めている物干し竿に、しわがよらないようにぱんぱんと手の平で叩きながら次々と干していった。真っ赤になった冷たい手には、外のほんの少しの日溜まりでも暖かく感じられ、春の訪れが待ち遠しかった。

周りに誰もいないので、溜息と共に思わず小声で呟いていた。

「お父ちゃん、ひどかよ。うちたちを連れてこげん外地まで来ち、どげんしち先に死んじもうたと。小学校の時の友達もおる、ぬくい内地に戻りたか、戻りたいけん。うちは日本に帰りたいと」

歯を食いしばってひたすら洗濯物をするしか選択の余地がないのは分かっていたが、頬に伝う涙を止めることは出来なかった。自分が働いているから、家族が何とか食べていけるのだということだけが心の支えだった。

ほとんど何の知識もなく千歳屋で働くことになった私は、この洗濯物から、自分のいる所が食事だけを提供する料理屋ではないと悟った。

男が女を求めてくる歓楽の場所、遊廓だと初めて知った。

客が変わる毎に敷布が新しく取り替えられたから、繁盛すればするほど仕事は増えた。

客と女の戯れの跡がありありと分かるほど、薄く黄ばんだ染みが滲んでいることもある敷布は、今まで嗅《か》いだことがないような独特のにおいを漂わせた。洗濯を終え敷布からそれが消えても、自分の手にはまだ染み付いているようで、いつまでもしつこく硬いせっけんで手を洗った。

洗濯物を干し終わるとすぐに、もう既に二人が始めている掃除の手伝いに回された。夕方、客が来る頃までに建物の隅々まで磨き上げなければならない。

客の相手をするために千歳屋では十二人の女を抱えていた。下働きの者はその女の人たちを「ねえさん」と呼んだ。ここを経営している女将に対しては、何人かの男衆《おとこし》たちと富美さんは「おかみさん」と言ったが、それ以外の女たちは皆「かあさん」と呼んだ。

長い廊下に面している各小部屋で、夜の務めを終えたねえさんたちが睡眠を取っている午前中が掃除の時間だった。大きな音をたてて睡眠を妨げたりしないように気を配りつつ、密やかに何往復も廊下を行ったり来たりして雑巾がけをした。

ねえさんたちが起き始めたら、それぞれの部屋も客との前夜の痕跡を残さないように清潔に整えなければならなかった。

ねえさんたちが専用に使っている便所の掃除を、千代は私だけに命じた。便所には、これまで目に触れたことのない様々な汚物が捨ててあり、敷布と同じ独特のにおいと、煎じ薬のようなにおいも入り混じっていた。嘔吐しそうになるのを我慢しながら、米糠《こめぬか》でひたすら磨いた。

入口の土間の真正面にある大きな階段、長い廊下、広い炊事場、客用と店用に分かれている風呂場と便所など、掃除をしなければならない場所は限りなくあった。店の顔である間口の広い玄関は、特に念入りに掃き清めるように指示された。

千代が富美さんに掃除の終わりを告げると、富美さんは玄関脇に掲げられた、額に入っている女たちの十二枚の写真と名札をきちんと確かめた。そして、月に一回、一枚の紙を見ながらそれ等を並べ替えた。そっと見ていると、初めの三枚はあまり動かしている様子はなかったが、終わりの方の写真はその都度順番が入れ替わっていた。前の月、客を何人取り、店へどの位貢献したかによる順位なのだと八重子が教えてくれた。

「一番はいつも百合花ねえさんで、ずっとお職を張っているんだよ」

「お職？」

「ハルビンではあまり使わない言葉らしいけど、その店で一番の売れっ子のことを、内地の吉原ではお職を張るって言うんだって。油断するとすぐ抜かれるから、ずっとお職でいるっていうのはとても大変らしいよ」

二階の長い廊下の突き当たりにある、日当たりの良い一番大きい部屋にいるのが百合花ねえさんだと知った。確かに誰よりもきれいだがどことなく冷たい感じがした。その名前のように一輪ですっくと立ち、孤高を保っているような人を寄せ付けない雰囲気をかもし出していた。

八重子が声を潜めて言った。

「百合花ねえさんって、普段はつんとして威張っているような感じがするだろう。それが、床の中では別人のようになって男に尽くすんだって。その違いが男にはたまらないんだろうって、かあさんと富美さんが話しているのを聞いたことがある」

遅い昼食を炊事場の端で食べながら、親しくなった八重子にもっと話しかけた。

「ねえさんたちの写真、とてもきれいに写っちょるね」

「そりゃあ当たり前さ。一見《いちげん》さんは写真を見て誰に相手になってもらうか選ぶんだからね。写真屋さんで皆、目一杯修正してもらうんだよ。だから、写真の方が本人よりずっときれいなのさ」

「写真っち、そのまま写るんじゃなかと。そげんこと出来るっち、ぜんぜん知らんかった」

「紀代ちゃんは高等小学校も卒業しているって聞いてたけど、何も知らないんだね。私なんか、尋常小学校だってほとんど行かせてもらえなかったんだよ」

「尋常小学校までは義務教育じゃけん、皆行くっち思うけんど」

「だから、何も知らないって言うの。本当の貧乏がどんなものか分かってないんだよ。こうやってちゃんとご飯が食べられるだけでも幸せさ。私なんか、一日一回しか満足に食べられない時もあったんだよ」

祖父母が呉服屋を営んでいた頃の幼少時は、確かに恵まれた生活を送っていた方だと思う。父の代になって傾いてからも、少なくとも三度の食事に事欠くようなひもじい思いはしなかった。

家族全員で羅南に渡って来てからも、父が健在だった時は、裕福とは言えなかったが食事だけは満足に食べられた。

父亡き後も、先は見えていたが当座は母の着物のお陰で何とか飢えなくてすんだ。

八重子の言葉を聞いて、自分は貧乏のどん底を経験していないのだと悟った。世の中には、自分よりもっと辛い生活をしている人たちがいるのだと初めて知った。

お使いから戻り、昼食に加わった千代に早速怒鳴られた。

「私がいないともうこれなんだから。お喋りしながらいつまで食べてるのさ。ねえさんたちがそろそろ起きてくる頃だろう。今日は天気がいいんだから、さっさと布団を干すんだよ。もう洗濯物も乾いているだろうし、仕事は山ほどあるんだからね」

体力のない私にはこの布団干しも一仕事だった。他の二人がてきぱきと重い布団を運んでいる傍らで、痩せっぽちで背の低い私は、よたよたと引き摺らんばかりにして布団を精一杯持ち上げた。当然、千代の気に入る訳がない。

「全く役立たずなんだから。もっと持ち上げられないのかい。それじゃ、ねえさんたちの大事な布団が汚れてしまうだろう。一番大切な商売道具だよ。もうここはいいから、洗濯物を全部取り入れておいで」

ぴんと張り詰めたような空気はまだ冷たかったが、陽射しに幾らか柔らかな春の気配を感じた。

朝早く干した敷布からはせっけんの香りが漂い、もう、あのすえたようなにおいのする夜の痕跡はどこにも留めていなかった。一生懸命洗濯した甲斐があったと、あかぎれのかさかさになった手で敷布をそっと撫でた。

いつも冷たい水に手を入れているため、あかぎれだけではなく手の皮も剝《む》けてひりひりと痛かったから、水から解放されたこのひとときだけが唯一癒しの時間だった。

「何をぼうっとしているんだい。早く畳んでそれぞれの洗濯物をねえさんの部屋へ届けるんだよ。本当に愚図なんだから」

またまた千代に怒鳴られた。一日の間に何回叱られているだろうかなどと思いつつ、取り入れた洗濯物の山を一つずつ丁寧に折り畳んだ。ねえさんたちの部屋に届け終わって、やっと洗濯物の仕事が終わるのだが、まだ畳んでいる最中に今度はかあさんから声が掛かった。

「紀代子、ちょっと来て私の肩を揉んでおくれでないか。歳かねえ、この時刻になると肩が凝ってパンパンだよ」

「はい、今行きますけん」

途中で仕事を放り出したらまた千代に叱られるだろうなと思いつつ、とりあえず奥の帳場にいるかあさんの元へ飛んで行った。

「あのう、まだ、ねえさんたちの所へ洗濯物を届けとらんけんど」

「店を開くまでにはまだちょっと時間があるから大丈夫だよ。根を詰めて帳簿を付けていたもんだから肩がパンパンなのさ」

父のことを思い出しながら、かあさんの肩を心を込めて揉みほぐした。

「おや、千代や八重子と違って紀代子は按摩《あんま》がうまいねえ。どこで覚えたんだい」

「特に習ったことはなかと。お父ちゃんが大工で体を使う仕事じゃったけん、夜、いつもうちが按摩をしてあげたとです」

「親孝行だったんだねえ。父ちゃんも皆を残して先に旅立ってしまったなんて、本当に無念だっただろうよ」

涙ぐんで俯《うつむ》いたが、手だけはしっかりとかあさんの肩を柔らかく揉んでいた。かあさんは手をそっと握って慰めてくれようとした。

「まあ、紀代子どうしたんだい、この手は……。こんなにあかぎれがひどくて皮まで剝けてる手で洗濯していたんじゃ、痛くてしょうがなかっただろうに」

思わず両手を引っ込めたが、かあさんは長火鉢の引き出しから膏薬《こうやく》を出して丁寧に塗ってくれた。その後、大きな声で千代を呼び付けた。

「千代、紀代子の手を見てごらん。こんなになっているのに誰も洗濯を手伝ってやらなかったのかい。お前に全てを任せているけど、下働きの仕事は皆で平等にやらなくちゃいけないよ。紀代子の手が治るまで洗濯はお前と八重子と二人でおやり。当分、午前中の紀代子の仕事はお使い専門にしてやるんだね」

「紀代が何も言わなかったから、手がそんなになってるなんて私は知らなかったんです。それに、紀代はまだ街のことがよく分かっていないから、お使いに出すと時間が掛かって皆に迷惑になると思ったんですよ」

不服そうな千代に睨まれた。千代の細い目がますます細くつり上がって、眉間《みけん》にしわが寄った顔は怖かった。かあさんは私が揉みほぐす手に身を委ね、気持ち良さそうに目を瞑ってすっかりくつろいでいる。険悪な千代の顔はぜんぜん見ていない。

三

翌日から午前中の仕事はお使い専門になって、ひととき、洗濯の苦行から解放された。

千歳屋はプリスタンの中心街からやや外れた所にあったから、買物もそれなりに一苦労だった。あまりにも多過ぎて一人の手に余る時は、下足番の嘉助《かすけ》さんがお伴に付いて来てくれ、荷物の持ち運びを手伝ってくれた。

嘉助さんは若い時分からずっと千歳屋で働いていて、遊廓のことは全て知り抜いていると言われていた。皆は親しみを込めて嘉助爺やと呼んでいた。

「女将さんの一言で洗濯物から解放されて良かったなあ。普段はきついことを言って皆から怖がられているけど、ああ見えても女将さんはなかなか細かいことに気が付いて、情に厚いところがあるからね。辛いことがあっても頑張るんだぞ」

「はい」

嘉助爺やが掛けてくれた言葉がどんなに励みになったことか。かあさんが酷いあかぎれの手に眼を留めて、膏薬まで塗ってくれたのも嬉しかった。ここには、お父ちゃんとお母ちゃんの代わりになってくれる人がいるんだなと思うと、この先辛抱が出来そうな気がしてきた。

何人もの使用人たちが言い付けるたくさんの雑事を一分とて休む暇はなく、三人で黙々とこなした。

お互いがいつ昼食を終えたのか記憶にないほど一日中働き詰めだった。炊事場の片隅に三人が揃い、やっと遅い夕餉《ゆうげ》にありついて空腹で夢中で箸を動かしていると、千代が言った。

「新入りで標準語もまともに喋れないくせに、もうかあさんに取り入って生意気なんだよ。あんたが洗濯しない分、私と八重子が大変なんだからね。今度は私たちの手の皮が剝けてしまうよ。そしたら、またあんたが一人で洗濯をするんだよ」

お使いは専ら千代が一人でしていたのだが、それを取り上げられて不服だったのだ。確かに、僅かな時間でも千歳屋を出られて外の空気が吸えるのは嬉しかった。


日常の大体の買物は、日本の商店が多いプリスタンで出来たが、やたらに外出することの出来ないねえさんたちに依頼される買物は、プリスタンだけでは用をなさない物もあり、傳家甸（フーザテン）と呼ばれている地域まで行かなければならないこともよくあった。

そこはプリスタンの東隣、鉄道附属地の外に拡がっていて、松花江《ショウカコウ》河畔の沼地の辺りにある中国人たちの居住地だった。沼沢地《しょうたく》であったため、以前は、雨が降れば歩行が困難になるほど道路がぬかるんだそうだ。だが、労働者、小売商人の町として商業が発展してきたため、今は、プリスタンほど立派ではないが石畳で舗装され始めていた。

その石畳を、纏足《てんそく》の小母さんが腰でバランスを取りながらよちよちと歩いている姿を見た時は本当に驚いた。足元は子供のような小さい布靴に覆われていた。

中国では女の大足は恥で、以前は、小さい時から成長しないように布で固く足を縛り上げる習慣があったと聞いたことはあったが、目の前で現実に見るとは思わなかった。日本人にはとても理解出来ない不思議な習わしだと思いつつ見送った。

フーザテンの地域全体には、何か独特な香辛料の匂いが漂っていた。

中国人だけで経営されている食品店、小間物屋、雑貨屋、漢方薬屋、食堂などが軒を連ねていた。

間口が狭く、奥の方は暗くてあまり見えない小さい店がひしめいており、二階は住居になっているようだった。通りに向かって突き出された物干し竿に、洗いざらした洗濯物がぱたぱたとはためいていた。日本では、物干し竿は横に並べるのに中国人は縦に突き出すのかと、またまたその習慣の違いに驚いた。

ここで売られている品々は品質はともかく、値段はプリスタンよりはるかに安かった。だから、ねえさんたちは重宝しているようで、フーザテンで小間物類を買って来るようにとよく頼まれた。

建物の様子から、一目でそれと分かる遊廓もたくさんあった。

以前、男衆たちが雑談していた言葉を思い出した。

「プリスタンにある遊廓とは違って、フーザテンにあるのは遊ぶ値段が極端に安いらしいじゃないか」

「そうかもしれないが、あそこは中国人専門さ。病気が怖いからほとんどの日本人は寄り付かないだろう」

「ロシア人も金のある客は千歳屋に来るが、貧しい者はやはりフーザテンに行くんだろうな」

「そりゃあそうさ。満州に鉄道を通して、開発されていない地域に大都市を建設しようとした時、ロシア人は真っ先に教会を建築したそうだぜ。だから、ここには教会は幾らでもあるのに、ロシア人専門の遊廓なんかほとんどないからな」

「街造りのためには、中国と日本はまっ先に遊廓を造ったと聞いてるぜ。体は小さくても東洋人の方が性欲が強いんじゃないか」

男衆たちが下卑《げび》た笑い声をたてるのまですっかり聞いていた。

働くということは、学校では絶対に教えてくれない社会事情を知る機会なのだと、貪欲にどんな話でも耳をそばだてて熱心に聞いた。もちろん、下っ端の者が口を挟むことなど出来ないが、仕事をしながら男衆やかあさん、ねえさんの世間話を黙って聞いているのは自由だった。

興味深い話がされている時は、たまに仕事の手がお留守になり、千代にひどく叱られて、手の甲を叩かれたこともあった。でも、学校で新しい知識を学ぶ機会がない立場の私には、この千歳屋での話題が唯一新しいことを知る勉学の場だった。

他国の地、満州への進出を果たした日本が、遊廓の存在を前面に押し出すのは風評が悪かったから、領事館では遊廓は全て料理店として認可され、女の職業はあくまで酌婦《しゃくふ》ということになっていたらしい。だから、寿楽亭も千歳屋も料理屋として登録されているが、実態は遊廓だった。どちらもかあさんが経営者だが、規模は千歳屋の方がずっと大きくて格式も上だった。

山木の小母さんが料理屋の下働きとして私を連れて来たのは、あながち嘘をついた訳ではないのだ。

遊廓の存在は半分、国の政策だったらしい。だから、ねえさんたちには定期的に病院で検査を受けることが義務付けられていた。

病気が判明すると強制的に休まされた。この検査のお陰で日本の遊廓は安心だと言われていたようである。休んだ分は当然、借金として今までの金額に加算された。

依頼されて漢方薬を買うようになり、ねえさんたちが専門に使っているあの便所の独特のにおいは、これも入り混じったものなのだと初めて気が付いた。

身体が資本なのだから、病気になって休んだりしてこれ以上借金を増やさないようにと、ねえさんたちは自ら健康に気を遣っているのだ。


フーザテンの松花江沿いには以前、阿片窟《あへんくつ》があった名残で、狭い路地裏では阿片が堂々と売られていた。

千歳屋では禁止されていたのだが、たまに百合花ねえさんから阿片の買物を頼まれることがあった。誰も知っている人がいないか周りに注意しながら、狭い路地裏でそれを買い求めている間、心臓は破裂しそうにドキドキした。そんな買物をしたことがかあさんに分かれば叱られるのは目に見えていたが、店随一の売れっ子、百合花ねえさんの頼みを断る勇気はとてもなかった。

「これさえあれば自分も気持ち良くなり、どんな客にも満足いくようにしてあげることが出来るのさ。店のためにもなっているんだから、誰にも言わないでそっと買って来ておくれ。かあさんに見つかった時は私が責任を取るから」

いつもお高くとまっているように見える百合花ねえさんに、拝み倒され懇願されては仕方がなかった。

短い上着とズボン姿の中国人の間で、筒袖の絣の着物に前掛けをしめた下駄履き姿の私はきっと目立っていただろう。

住民のほとんどが中国人だったから、周りには中国語が飛び交っていた。言葉も分からない界隈《かいわい》で買物をするのは、新参者の私にはかなりの勇気が必要だった。ここでは明らかに自分が異国人として、好奇の目にさらされているような気がした。

気忙《きぜわ》しく下駄の音を響かせ、急いで買物をすませて千歳屋に帰ってくるとほっとした。

プリスタンで見掛ける中国人は、男の人は皆、恰幅《かっぷく》が良く裕福そうな姿で、日本人やロシア人と同じように背広上下にネクタイを締めていた。日本人には軍服姿の人も多かった。女の人の身形は国によってまちまちだったが、日本人はまだ圧倒的に着物姿だった。裾の長い色鮮やかな中国服を纏《まと》った人を初めて見た時は、その刺繍《ししゅう》の見事さ、色彩の艶やかさに目を奪われた。

ロシア人らしい容貌の人は、色とりどりのワンピースや西洋風のスーツに身を包み、高い踵の靴を履いていた。靴音をコツコツと石畳に響かせて、書類らしき物を持ち忙しそうに通り過ぎるスーツ姿の女の人は、自信に満ちあふれているようで、自分とは全く違う人生を歩んでいる姿が、何だかとても眩しく目に映った。

プリスタンにあるロシア人の店で買い物を頼まれることもあったが、私が拙《つたな》いロシア語で必死に用件を伝えるのを、店の人は温かく見守ってくれた。大柄なロシア人から見れば、日本人の中でも小柄な私はきっといたいけな少女に見られたのだろう。

たまに、ピロシキというロシアの小さな揚げたての食べ物を振る舞われたりして、びっくりすることもあった。中には挽肉が一杯詰まっていて、一口齧《かじ》ると口中にじわっと温かい肉汁が拡がり幸せな気分になった。

「スパシーバ（ありがとう）」

ロシア語が自然に口をついて出るようになった。

私にとってはロシア語も中国語も、日本の標準語と同じように初めて会得《えとく》する言葉だったから、自分の中では同じような感覚で大差がなかった。

同じ次元で発した言葉で、異国の人と繋がりが持てるというのが楽しかった。

臼杵から出たことがなく、その土地の方言しか喋った経験がなかった自分が、今は標準語を話し、片言ながら中国語とロシア語も話せるようになった。

何だか言葉が世界を拡げてくれるような気がした。

四

下働きの仕事を夢中で務めている間に、いつの間にか春が過ぎ夏が訪れようとしていた。ハルビンの春は本当に短く、一気に夏がやって来る。

めったに行くことはなかったが、たまに頼まれて馬家溝（マジャゴウ）にお使いに出掛けることもあった。そこは灌木のリラの並木が続き、薄紫の可憐な小さな花の房が甘い香りを街中に漂わせていた。千歳屋のにおいがこんな風だったらどんなに良いだろうと思いながら鼻腔《びこう》を一杯に拡げて、澄んだ空気と甘い香りの心地好さに酔いしれた。

深い木立に囲まれた大きな洋館があちこちに見られ、ここもまた、日本とは全く異なった雰囲気をかもし出していた。その洋館からたまにピアノの音が漏れ聞こえることもあった。どんなお嬢さんがピアノを弾いているのだろうと、優雅な姿を想像しながらどっしりとした門構えの家の前を通り過ぎた。

この馬家溝にはハルビン高等女学校があったから、自分と同じ年頃位の、洒落た制服を着こなした女学生の一群に出会うこともあった。同じ日本人なのに、別な国の人を見るような目付きで見下されるのは辛かった。

私だって本当は女学校に行きたかったんだと心の中で叫びながら、愚かにも女学生の一群に道を譲り、下を向いてこそこそと端を歩いている卑屈な自分が情けなかった。山木さんの言葉を思い出しながら、じっと歯を食いしばって堪えた。

小母さんだって、このハルビンで這い上がって男の上に立つことは出来ないと言っていたのに、下働き風情の私に一体何が出来るというのだろうか。まだ十五歳だというのに、将来への夢も希望も残されていないのだろうかと、賑やかに通り過ぎて行く女学生の一群を羨ましく見送った。

日本人やロシア人はハルビンのどこにでも自由に行けたが、中国人には入ってはいけないと指定されていた場所があった。この馬家溝も中国人立ち入り禁止の場所だった。もう一か所、やはりハルビンの山の手と言われていた南崗も、中国人が住むことはおろか、通行も制限されている地域だと聞かされていた。中国人の国なのにこんなことが許されている。外国人が中国という国を踏み躙《にじ》っているような気がして、いろんなことに疑問を持ち始めた。

南崗も馬家溝と同じくリラの木で蔽《おお》われた緑豊かな美しい街だと聞いていた。

各国の領事館、官庁、鉄道会社、博物館、鉄道管理局の高級幹部社宅、施設など立派な建物が建設されている新しい街だそうだ。その中央には、山木さんが列車の中で教えてくれたロシア正教会の総本山、聖ニコライ会堂があるらしい。

そこには帝政ロシア時代から、財力のあるロシア人たちが瀟洒《しょうしゃ》な邸宅に住みついていたが、大正六年にロシア革命が起きてからは、ますます裕福な白系亡命ロシア人が居《きょ》を定めるようになったそうだ。街並みは中国ではなくてまるで西洋のようだと聞いていたから、一度行ってみたいと思っていたが、遊廓の下働きがお使いで行くような用事は全くなかった。

革命の嵐が吹きすさんでからは、故国を逃れて続々と貧しい白系ロシア人たちも亡命して来るようになり、松花江の低湿地にあった新安埠（ナハロフカ）に住むようになったと聞いていた。そこは道路が整備されておらず、小さな低い屋根の木造家屋が連なった白系ロシア人難民の貧民街となっていたから、日本人はほとんど行かなかった。私も一度も足を踏み入れたことはない。

最初に中国人が住みついた小さな寒村で、ハルビン発祥の地と言われている香坊《シャンファン》（旧ハルビン）にも行ったことがなかった。街が大きくなり外国人がはばを利かせるにつれて、中国人立ち入り禁止の場所が増えていったため、そこが中国人集落の中心地となったらしい。ハルビンの中でも一番貧しい地域だと言われていた。

古い城下町で生まれてのんびりと育った私には、これほど貧富の差が激しい人々が同じ市内に住んでいるのが理解出来なかった。

私の行動範囲は、専らプリスタンとフーザテンの中だけだった。

暖かくなって洗濯が楽になってきたせいか、千代は再び、私一人に洗濯を命じることはなかった。お使いも千代の独占ではなく頻繁に行かされるようになったが、八重子が行くことはほとんどなかった。多分、私が聞き覚えで中国語がだんだん堪能になってきたせいだろう。ロシア語も簡単なことなら理解出来て、お使いを短時間でこなせるようになったのが千代にも分かったらしい。

値段の交渉なども出来るようになり、思ったより安く買って来たりしたから、ねえさんたちから名指しで買物を頼まれたりもした。

他の国の言葉が喋れたら商売には役立つだろうと言った山木さんの言葉を、私は忘れてはいなかった。もしかすると、人並みに中国語とロシア語が話せるようになれば、夢と希望が自分にももたらされるかもしれないと、異国の言葉を出来るだけ覚えるように心掛けた。読んでいる暇などないのは分かっているのに、どんなに古くてもいいから辞書が欲しいと痛切に思い始めていた。

プリスタンにある遊廓はほとんどが日本人専用だったが、たまに千歳屋には日本人の紹介で裕福なロシア人や中国人も訪れた。ロシア人はその容貌から隠しようもないが、中国人は必ず日本名を名乗っていた。中国人を受け入れる遊廓は、格下と位置付けられていたからしい。だから、気前が良くても、中国人の客にはかあさんはあまり良い顔をしなかった。

ねえさんたちもまた皆、外国人の相手をするのを嫌がった。何故嫌がるのか私には分からなかった。皆同じ人間のはず、国が異なるというだけで差別するのはおかしいと思った。下働きの三人が一緒に顔を合わすのは、三度の食事の僅かな時間と、夜遅くなって女中部屋に引き上げてきた時だけだった。その僅かな合間に八重子に聞いてみた。

「ねえさんたちはどうして異国の人を嫌がるの？ 上では皆同じことをやるだけでしょう」

「前に蘭華ねえさんが言っていたわ。異国の人たちは日本人と違って体臭が強くて独特なにおいがするんだって……。それに、ロシア人のあれはとても大きいから、何だか怖い感じがするって」

「あれって？」

黙って箸を動かしていた千代が話に割り込んできた。

「そのうち、あんたも分かるさ。私は女中頭だから関係ないけど、あんたたちはいずれ水揚げされて客を取るようになるんだから」

八重子は顔を赤らめて俯いたが私は抗議した。

「私は下働きで連れて来られたので、ねえさんたちのような仕事をするようになるとは聞いていません」

「馬鹿だねえ。若過ぎる娘は初めは皆下働きなのさ。八重子だってもうすぐ水揚げだって聞いてるよ」

遊廓の中では、水揚げのことを初穂がりと言うのが習わしのようだったが、格式を重んじる千歳屋では、水揚げの言葉が用いられていた。まだ男性経験のない若い女の子が、初めて客を取ることを指している位は私ももう知っていた。だが、自分たち下働きには関係ないと思っていた。その八重子が水揚げして、ねえさんたちと同じように客を取るようになるというのが理解出来なかった。

「体が小さいから、紀代ちゃんはまだ初潮がないんだよね。私はもっと早く初潮があったけど、いろんな事情で水揚げが遅れたんだって。紀代ちゃんがすっかり仕事にも馴れたから、今、私が抜けても何とかなるだろう。そろそろ水揚げのことを考えているって言われた。客を取るようになっても蘭華ねえさんと同じで、やっぱり私も異国の人は何だか怖い」

八重子が白いうなじまで真っ赤に染めて耳打ちした。

遊廓の下働きとはそういうことだったのかと、初めて理解したがもう衝撃はなかった。

別れ間際、山木さんに言われた言葉を思い出していた。全てを承知で私をここへ連れて来たのだ。でも、世間知らずの母は、もしかすると何も知らなかったのではないだろうか。純粋に料理屋の下働きだと思って送り出したのだと思った。

自分の人生を自ら選ぶことが出来ない環境の中にいるのなら、その中で最善の努力をするしかないのだと、この時しっかり肚を括った。

（もっとたくさん羅南に仕送り出来るように、水揚げされたらこの店一番の売れっ子になってやる。百合花ねえさんのあの部屋でお職を張る）

しっかり覚悟を決めてしまえば、初潮を迎え一人前の女になる日が待ち遠しくさえあった。

五

ハルビンの冬は零下三十度にもなると聞いていたが、その分、夏は快適だった。内地のような湿気は全くなく、真夏の平均気温はせいぜい二十五度位で過ごし易かった。だから、帝政ロシア時代の裕福なロシア人たちは、こぞって松花江の中ほどにある太陽島という島にダーチャ（別荘）を造り、格好の避暑地としたらしい。島の中にはテニスコート、馬場、ヨットハウスやダンスホール、カフェ、カジノなどもあって、高尚な遊興地となっていると噂で聞いていたが、もちろん、そんな場所は私には無縁だった。

そして、十五歳の夏、私は平均年齢より遅い初潮を迎えたのだったが、先ずは八重子の水揚げの方が先だった。

水揚げの旦那は、年齢相応な裕福な日本人と限られていたようで、かあさんと富美さんがよくひそひそと話し合っている姿を見たのだが、ある夜、突然、千代と私だけがかあさんに呼び付けられた。何故か八重子は部屋に残されていた。

「八重子がいなくなるので、当分、二人で下働きの仕事をやってもらうようになるから、今まで以上に頑張って働いておくれ。いずれはもう一人雇うつもりではいるけどね」

千代が言った。

「八重子の水揚げがはっきり決まったんですね」

「まあ、そうだけど」

何故か、かあさんは苦虫を噛み潰したような顔をしている。

水揚げは遊廓ではおめでたいことだと聞いているのに、どうして、あんな不機嫌な様子をしているのだろうと訝《いぶか》しく思ったが、私は口出しするような立場にはいない。

「水揚げするのはここ千歳屋じゃないんだよ」

私たちは一様に驚いた。千代が尋ねた。

「ここではなくて、一体、何処の店でするんですか」

「何処だか知るもんか。ハルビンよりもっと北、満洲里《マンチュリ》にある店だそうだよ」

「マンチュリ?」

聞いたこともない街の名前に、思わず一緒に声を上げた。

「せめて斉斉哈爾《チチハル》ならまだしも、満洲里はハルビンから列車で一昼夜揺られてやっと辿り着く満州最果ての地さ。その先はもうロシア、シベリアだよ」

私が尋ねたい疑問はすべて千代が代弁してくれた。

「それじゃ、ここよりももっと寒くて辺鄙《へんぴ》な場所なんですね。どうしてそんな遠い所に八重子は行くんですか」

「あの子の父親のせいだよ。母親はとっくの昔に亡くなって、飲んだくれの父親に八重子は売られたんだよ。内地より外地の方が高く売れるからね。しょっちゅう金を無心されていたから、まだ下働きだっていうのにあの子の借金は相当な額になっている。水揚げを機会にここでまた一儲けしようと企んだ訳さ。女としての商品価値がなくなった者ほど北へ流れて行くから、満洲里では水揚げ前の女の子は貴重なのさ。詳しいことは言わなかったけど、ここの借金を全て清算しても、まだ余るほどの金を父親は手に入れることになったらしい。可哀相に、私は随分ここで水揚げをって頑張ったんだけど、金に目がくらんだ父親は承知しないのさ。日本領事館があって日本人も少しはいるけれど、ロシア人、中国人が圧倒的に多い地域だからね。異国の人を相手に体を売る毎日になるだろうよ。ここに来る外国人は品格があるけど、あんな僻地にいる人たちはそりゃあ粗暴だって聞いてるよ」

「八重ちゃんは、異国の人は怖そうで嫌だって言ってたのに」

私は半分涙ぐみながら我知らず呟いた。

小学校すら満足に行かせてもらえなかったと言っていた、八重子の言葉を思い出した。

遅く部屋に帰った二人を、寝ずに八重子は待っていた。部屋の中でも小言しか言わない千代が、さすがに八重子に同情したようで慰めの言葉を投げ掛けた。

「満洲里とかいう所で水揚げするんだって、かあさんに聞いたよ。何て慰めたらいいのか」

「仕方がないの。かあさんには黙っていて欲しいんだけど、本当は私、水揚げなんかしてもらう資格はないの。今の父ちゃんは本当の私の父ちゃんじゃないんだ。私は死んだ母ちゃんの連れ子だった。だから、母ちゃんが病気で死んだら、まだ十三歳だった私を父ちゃんはすぐに抱いた。その後、ここに売られたけど、これでもう父ちゃんの手から離れられると思って嬉しかった。いつもお金の無心だけはしてきて、借金はどんどん増えていったけど、父ちゃんが側にいないだけでも良かった。かあさんはよくしてくれたから、私にもう男の経験があると分かったらどうしようと思って、本当は辛かったんだ。だから、かあさんが知らない所で水揚げされるんならその方がずっといいと思ったんだ」

わっと泣き伏した八重子の肩にそっと手をかけて擦りながら、どんな言葉をかけたらいいのか私には見当もつかなかった。さすがに年上だけあって、千代の口からは労りの言葉が発せられた。

「もう昔のことは皆忘れるんだよ。新しい土地では何かいいことがあるかもしれないよ。ここよりもずっと寒いって聞いているから体だけは大事にするんだよ」

怖いと思っていた千代の、そんな思いやりがある言葉を初めて聞いた。

自分より不幸な人を目の当たりにした時、人間は皆親切になれるものなのかもしれない。八重子に比べれば、少なくとも自分には優しい両親がいたのだから、どんなにか幸せだったのだと改めて悟った。

そして、私がお使いに出かけている間に、八重子はひっそりとハルビンを去って行った。一人抜けた分仕事は倍に忙しくなったが、八重子のことを思えばこの位のことでへこたれるものかと、前にも増して自分を鼓舞した。

一汁一菜の千歳屋の食事は粗末だったが、三食ともお腹一杯になるほど食べることが出来たから、私は給金のほとんどを羅南に送金していた。

自分から手紙を書く暇などほとんど持てなかったが、弟の順一からは、薄いペラペラな紙に几帳面な字で書かれた手紙がたまに来た。

「姉ちゃん、元気ですか？　こちらは母ちゃんはじめ、皆、元気にしています。でも、姉ちゃんから便りがないので、病気でもしているのではないかと母ちゃんがとても気にしています。

お金をちゃんと送ってくれているんだから元気で働いているんだよと、僕は母ちゃんを励ましています。

姉ちゃんのお陰で僕は高等小学校にも通えるんだから、一生懸命勉強しています。いつも一番というわけにはいかないけど、でも、クラスでは必ず五番以内の成績ですので安心して下さい。

姉ちゃんはきっとがっかりすると思うけど、母ちゃんは和子を養女に出すことにしました。母ちゃんが働いている食堂の小母さんの紹介です。呉服を扱っている大きなお店の子供にということで、母ちゃんも決心したみたいです。その家には男の子はいるけど女の子がいないので、和子のことを知って、そこの奥さんにとても熱心に頼まれたそうです。

初め僕は反対したけど、和子は遊びに行ってとても気に入られて、きれいな着物を着せてもらって帰って来ました。とても嬉しそうでした。女学校にも行かせてもらえると聞いて、和子のためにはその方が幸せなのかなと思いました。

無事という知らせだけでも良いので、姉ちゃんからも手紙が貰えたら凄く嬉しいけど、仕事がとても忙しいのですか？

ハルビンは羅南よりもっと寒いと聞いています。母ちゃんが体だけは大事にして下さいと言っていました。また、手紙書きます」

まだ下働きで稼ぎがないから、和子が養女に行くことになったのかと無念だった。だが、順一の言うように、和子にとってはその方が幸せなのかもしれないと思い直した。きれいな着物を着て、女学校にも通わせてもらっている和子を想像した。自分が果たせなかった夢を妹が引き継ぐことが出来るのなら、それもいい。私は定められた自分の道を精一杯貫くだけだ。

いずれは私も、八重子のように女郎になる運命なのだと覚悟はとうに決めている。自分一人が我慢することにより、家族が人並みの生活を送れるのなら厭《いと》いはしない。

八重子の代わりに新しく下働きとして入って来たのは、若い女の子ではなく千代よりもっと年上らしい女の人だった。富美さんに紹介された。

「今度、おかみさんが下働きで雇った和江さんだ。満州事変の時、ご主人はお国のために戦って亡くなった。新入りだけどあんたたちよりはずっと年長なんだから、そのつもりで接するんだよ」

「働くのは初めてなので至らないところがいろいろあると思いますけど、よろしくお願いします」

品のいい挨拶をされた。

働くのは初めてと言っていたけれど、もう結婚していたのだから、私なんかよりはるかによく気が付いてすっかり千代のお気に入りになった。その分、私への小言はますます多くなった。


夏はあっという間に過ぎて、日本のように秋の訪れを感じる間もなく、もう十月には零度を下回る気候になり、ハルビンでの辛い冬がやって来た。

内陸性気候のためか雪はそれほど降らなかったが、地面もかちかちに凍結して街中が凍りついたようになった。

もうすっかり慣れてしまったが、早朝の洗濯はやはり辛かった。その作業も愚痴一つ言わず、和江さんはもくもくとこなして楽な方を譲ってくれたりした。

「私が洗濯するから紀代ちゃんは干してちょうだいね」

和江さんの早い仕事振りに、千代はもうすっかり洗濯は二人に任せてしまって自分は加わらなかった。気候が良くなってから、また洗濯場に戻るつもりなのだろう。

ハルビンの建物も羅南と同じく、外の冷気が入らないように窓は全て二重になっていた。それに、千歳屋にはロシア式のペチカが導入されていたので、部屋の中にいる限りは暖かかった。煙道が巡らしてある、レンガなどで作った壁の放射する熱で部屋全体を暖めるのだ。壁の内部に温水管が通されているので、廊下までもほんわかと暖かい。ペチカの温熱のお陰で、客用の畳敷きの部屋も暖かかった。出来るだけ内地の雰囲気を出すために、千歳屋では全部畳にしているのだと和江さんが教えてくれた。

洗濯でかじかんだ手を壁に押し付けて暖気を取っている二人の姿を、お使いから戻った千代が見つけたが、さすがに洗濯を手伝っていないから文句は言わなかった。年長で品の良い和江さんに遠慮している気配もあった。私だけだったら、また仕事をさぼっていると一喝《いっかつ》されただろう。

和江さんには、羅南の母親を思い出させる温かさがあった。

北風が激しく吹きすさぶ中お使いに出された。こんな日には千代は絶対にお使いに行かない。いつも私に回ってくる。

市街のすぐ北を流れるスンガリ川とも呼ばれている松花江は、ロシア国境でアムール川に合流する大河だと聞いていたのだが、零下三十度になることもある冬季には、河は完全に凍結する。こんな大きな河の上を、人が歩けるようになるなどとは考えてもみなかった。松花江の側を通り過ぎながら、ちらちらと横眼で見ていると、凍った河の上でスケートやそり遊びに夢中になっている人たちがたくさんいた。子供だけでなく大人もいる。楽しそうな様子に思わず見惚れてしまった。弟妹皆であの仲間に加わることが出来たらどんなに楽しいだろうかと思いつつ行き過ぎた。

しばらく順一からの便りが途絶えていて気掛かりだったから、ついそんなことを思ってしまったのだ。和子は新しい家で幸せにしているだろうか、まだやっと伝い歩きをしていた孝次はもう走ることが出来るようになっているかもしれない。順一も雅子もちゃんと毎日、学校へ通っているだろうか、お母ちゃんは健康にしているだろうかなどと、次々と思い浮かべると、思わず目頭が熱くなった。もう随分家族には会っていないような気がするが、まだ一年も経っていないのだ。

満洲里まで落ちて行った八重子のことも思い出した。少なくとも案じてくれる家族がある私はまだ幸せなんだと、自分自身に言い聞かせた。

三月と言えば内地では梅や桃の花に次いでちらほらと桜も咲き始め、春の訪れが確実に感じられる季節なのに、ここではまだ零度を下回る日が多かった。

案じていた順一からやっと便りが届いた。

「姉ちゃん、元気ですか？　しばらく手紙を書かなかったけど、僕たち家族は皆、元気に暮らしています。

養女に行った和子はもうすっかり向こうの家にも慣れて、大切にされて幸せに過ごしているようです。尋常小学校二年生になりました。時々は遊びにも来てくれるので母ちゃんも安心しています。

姉ちゃんのお陰で、僕はちゃんと高等小学校を卒業することが出来ました。これからは、働いて母ちゃんを助けてあげるのが一番いいのは分かっていたけど、どうしてももっと勉強したかったので、少年航空兵の技術科に志願しました。

高等小学校を終えていれば志願出来るので、中学に進学出来なくてもお国のためにもなるし、機械技術の勉強も出来るからと、担任の先生が勧めてくれました。志願する人はとても多くて試験も難しかったけど、僕は無事に合格しました。一番に姉ちゃんに知らせたかったのです。

もう少ししたら兵舎に入ります。母ちゃんと雅子と孝次の三人暮らしになるけど、心配しないで下さい。もう家の中のことは雅子が随分役に立つようになってきたし、あの赤ん坊だった孝次でさえ、自分のことは自分で出来るようになりました。そして、母ちゃんも食堂の仕事にすっかり慣れて、親子三人なら何とか食べていけると言っています。だから、もうお金のことはそんなに心配しないで、自分のために使うように伝えてくれと母ちゃんに頼まれました。

山木の小母さんは僕たちが知らない間に、何も言わずに引っ越してしまいました。引っ越した後に警察の人が来て、近所で親しくしていたからと、母ちゃんはいろいろ訊かれました。でも、いつ居なくなったのか、何処に行ったのか何も知らないし、僕が少年航空兵に入隊したのが分かって、息子がお国のために頑張るんならと、引き上げて行きました。

警察の人は、小母さんのことをアカだとか言ったらしいです。アカとは共産主義者のことで、内地で目を付けられて満州に逃げて来たのだと言ったそうです。内地でどんなことがあったのか、詳しいことは何も分かりません。

小母さんがいなくなったので、姉ちゃんの様子をぜんぜん知ることが出来なくなったと、母ちゃんにはそれだけが気掛かりのようです。

やはり手紙を書く暇はないですか？　短くてもいいから、母ちゃんに便りを出してくれると嬉しいです。

今度、姉ちゃんに会う時は、僕は一人前の航空技術士になっていると思います。

下働きの仕事はとても大変だと聞いたことがあります。体だけは大事にして下さい」

私が女学校に行きたかったように、順一も中学に進学したかったのだということが、文章の端々から手に取るように窺えた。

ハルビンではまだまだのんびりした風潮があったが、内地では戦局が逼迫《ひっぱく》してきて、日本は戦争に向かってまっしぐらに進んでいると、かあさんや男衆たちが話していた。

もし本当に戦争が始まったら、順一も飛行機に乗ることになるのだろうか、いや、技術科なら飛行機の整備をするのだろうから、本人が飛び立つことはないのだろうなどと、私は不安気に弟の行末をあれこれと考えた。

あんなに物識りで、親切にしてくれた山木さんに一体何があったのだろうか。列車の中ではいろんな話をしてくれたのに、個人的なことは何一つ教えてくれなかった。外地でたった一人で生きているのには、何か訳があるのだろうとは思ったし、まだやっと高等小学校を終えたばかりの私が、小母さんに何かを尋ねることなどおこがましいと思ったから、自分からは何も問わなかった。

小母さんは、お母ちゃんには詳しいことを何も伝えずに引っ越してしまったのだろうか。もしそうなら、あくまで料理屋の下働きだと思っているであろう母親に、自分の立場をどう知らせたらいいのか見当もつかなかった。

一旦ペンを取ったら何もかも全てを書いてしまいそうで、母親の悲嘆にくれる様が目に浮かび、結局、手紙は書かないままに時は過ぎて行った。

無性に会いたかった。会って「お母ちゃん」と膝に縋り付きたかった。だが、羅南とハルビンとの距離はあまりにも遠く、私は勝手に出掛けたりすることは出来ない身なのだ。

流れのままに

一

何事も自分一人の胸に秘めて無我夢中で働いている間に、時はあっという間に過ぎ去り、ハルビンでの三回目の春を迎えた。

とうとう水揚げの話がかあさんから出た。

「紀代子も十七歳になったから、いよいよ水揚げのことを考えなくちゃいけないね。来月からは、下働きの仕事を減らして百合花ねえさんの身の周りの世話をするんだよ。そして、ねえさんたちの仕事を覚えていくんだ」

側で聞いていた千代が馬鹿にしたように言った。

「ねえさんたちの仕事って、客の相手をするだけじゃないですか。紀代は一体何を覚えなきゃいけないんですか」

「汗まみれになって働く下働きとは違う雰囲気を身に付けなきゃならないのさ。これからは、身のこなし方一つでも男に気に入られるようにしなくちゃいけないんだよ」

がさつで体ががっちりしていて、色が黒く眉毛が太い割には目が細い千代を、男が好むとはかあさんも思わなかったのだろう。だから、女中頭として下働きのままにしておいたのかもしれない。

一方、小柄で痩せっぽちな自分を振り返ってみて、男の人に好かれるようになるとは到底思えなかった。

まだよくは分からなかったが、八重子のような色の白いふくよかで大柄な女か、百合花ねえさんのような気品のある冷たさを持ったほっそりとしている女を、男は好むのではないかと思った。自分はそのどちらのタイプでもない。

客を取ることになるのが運命として定められているのなら、お職を張る位に上りつめようと決心していたが、自分の容貌には全く自信がなかった。

千代の嫌みな言葉にも気付かない振りをして、これからは百合花ねえさんの良いところをしっかり吸収しようと思った。だが、あの甘ったるい、けだるいにおいを漂わす阿片だけには、絶対に手を出してはいけないと自分を戒めた。

この頃の百合花ねえさんは独特の気品のある冷たさが消えて、どこか投げやりな倦怠感を漂わせている感じがする。それがあの阿片のせいではないかと、私は密かに思っていた。

フーザテンに買い物に行った折り、路地裏の片隅に蹲《うずくま》り、長い煙管《きせる》をいかにも物憂げに吹かしている、痩せ衰えた男の人を見かけたことがあった。苦力と同じような身形だったし、フーザテンにはあまり日本人は立ち寄らないから、中国人であるのは確かだった。その人の周囲からあの何とも言えない甘ったるい香りが漂ってきた。この先、もし百合花ねえさんがこんな風になったらどうしようと、私は身震いしてそそくさと男の人の前を通り過ぎた。

ねえさんに懇願されたからとはいえ、かあさんに内緒で阿片を買って来て渡しているのは、他ならぬ私なのだ。でも、かあさんに告げ口したりしたらねえさんが今後どんなことになるのか、その方が怖かった。だから、売り切れていて買えなかったなどとたまには嘘をついて、なるべく阿片を買わないようにしていた。私に出来るのはそんなこと位しかない。

この店で自分が上に立つ道は、ねえさんたちが嫌がっている異国の人を進んで客に迎えることではないかと気が付いた。

外国語に興味がある私は、蘭華ねえさんや八重子のように、外国人が怖いという印象は持たなかった。国が違うということで差別をするから戦争が起きるような気がした。本来、人間は皆、平等でなくてはいけないのではないかと思った。

いつかお職を張るようになるために、自ら進んで中国人やロシア人との間の会話に入り、自分の語学力にもっと磨きをかけようと心に誓った。

百合花ねえさんの立ち居振る舞いを身に付けたいと、観察して真似するように試みてはみたが、以前、ねえさんがかもし出していた、あの凛とした気高い雰囲気はとても出せそうになかった。しょせん、自分は百合の花なんかではなく、雑草なんだと思い知らされただけだった。

「ねえさんの優雅な凛とした風情《ふぜい》を真似しようと思っても、私にはとても出来ません。ぎこちなくなるばかりで、男の人に好かれるようにするにはどうすれば良いのか、まるで見当もつきません」

「紀代、私の真似なんかするのはお止しよ。あんたにはあんたの良さがある。自分のその魅力を最大限に活かす努力をするんだよ」

「自分に魅力があるなんて、一度も思ったことがありません」

「自分で気が付いていないだけさ。紀代には野原に咲いている可憐な花、菫《すみれ》のような雰囲気がある。それを大切にするんだね」

「菫ですか」

「そう、あの紫色の可愛い花、春になればどこにでも咲いていて見付けることが出来る。

コンクリートの間からだって、小さな花びらを覗かせてたくましく咲いている。小さくて気付かれずに人に踏み付けられても、かえっていい香りを出すんだよ。紀代にはぴったりじゃないか。それに、植物学者は菫のことをマンジュリカって呼ぶんだって。このもともとの語源は満州っていう意味らしいよ。日本だけでなくこの土地でも見かけるだろう」

「そんなことも知っているんですか。やはり千歳屋随一のねえさんだけのことはありますね」

「いつかは、紀代がこの部屋に住むことになると私は思っている。何かを熱心に見詰める時の、ひたむきな涼やかな眼差《まなざ》しは男を虜《とりこ》にするだけの魅力が充分にある。目千両っていう言葉もあるだろう。それを活かすんだよ」

上の階にいるねえさんたちとは接することがあまりなかったのに、自分はしっかり観察されていたのだ。改めて、ずっとお職を張っている百合花ねえさんの凄さを実感した。

「私、子供の頃から菫の花が好きでした。だから、ねえさんが私のことを菫みたいって言ってくれてとても嬉しいです」

「客に体をまかせるのは女なら誰でも出来る。上に立つためには、体以上のものを客にも与えて満足させて帰らせることさ。紀代ならそれが出来そうな気がするよ」

「体以上のものって何ですか」

「それは人によっていろいろ違うさ。自分で見付けるしかないね」

「私に見付けられるでしょうか」

「紀代なら大丈夫、菫の花言葉を知っているかい」

「いいえ、知りません」

「誠実、謙遜、慎み深さ、小さな幸せ」

「百合の花言葉はなんですか」

苦笑して窓の外を遠く見詰めながら教えてくれた。

「威厳、純潔、無垢《むく》、もうどれも私には関係ない言葉になってしまった」

ほっそりした憂いを含んだ横顔に一筋の涙を認めたが、気付かない振りを装って、慌てて持って来た洗濯物を押し入れに仕舞い込んだ。

水揚げが済んだら化粧してきれいな着物を着て、夜の間だけ客の相手をすれば良いのだから、下働きよりはずっと時間もあり楽な生活が出来ると愚かにも錯覚をしていた。毎日、ねえさんたちを見ていて、客を取るということがどんなことかは充分に分かっていたはずなのに、百合花ねえさんの頬に少しだけ伝い落ちている涙を目にするまで、切実に感じてはいなかったのだ。

二

つかの間の夏が過ぎ去る季節、まだ厳しい冬の寒さが訪れないうちにと、九月吉日、水揚げの日取りが決まった。

下働きの仕事をしている合間、異国の客が来ると私は率先して彼らの細々《こまごま》した用事を果たしていたので、次第に、下働きなのに中国語とロシア語が分かる女の子として重宝がられるようになっていた。それで、ハルビンで手広く商売をしている裕福なロシア人から、私の水揚げをしたいという申し出があったとかあさんから聞かされた。

「セルゲイさんはこの店にとっては大切な客だから、出来たら望みを叶えてあげたいとは思うけど、初めての客は絶対に日本人でなければならないんだよ。外国人に水揚げさせたなどと噂が立ったら千歳屋の名折れになるからね。それに、これからの紀代の源氏名《げんじな》にも傷が付く。プリスタンの中でも、ここはそれなりに格上の遊廓なんだからさ」

「どうして初めての客が外国人ではいけないんですか」

「紀代は本当に変わった子だね。皆、出来ることなら異国の人は避けたいと言っているのに……。日本は一等国なんだよ。たとえ女郎といえども、初めての子を他国の男に好きにはさせられないのさ。やはり、日本人でなければ格が落ちるからね。富美と相談しているんだけど、貿易商の川島さんあたりがいいんじゃないかと思っているんだ」

「川島さんは蘭華ねえさんの贔屓《ひいき》ではないんですか」

「まあ、そうだけど、水揚げだけは別格なんだよ。お金持ちのそれ相応の人にやってもらわないとね。ずっと紀代の相手になる訳じゃないから、一日だけ蘭華にも我慢してもらうしかないね」

遊廓ではお金を出しさえすれば好みの女を買えることになっているが、一人の女を目当てに足繁く通って来る客と女郎との間には、幾らか疑似恋愛のような感情も生まれ、周りにもそういう客は旦那として認められていた。だから、他の女が割り込んで横取りするのは許されない不文律《ふぶんりつ》があった。

百合花ねえさんには負けるけど、蘭華ねえさんもやはりいつも上位に写真が貼り出されていた。目鼻立ちがくっきりとしていてとても華やかな雰囲気があるのだが、ちょっと陰険な感じがするので、私はあまり好印象を抱いていなかった。その蘭華ねえさんの旦那を水揚げの相手にされるのは気が重かった。川島さんのことで、意地悪をされたりしないかなと一瞬気になった。

大柄で、でっぷり肥った日本人離れした体格をしている川島さんは、多分五十歳半ば位の年齢だと思う。薄くなった頭髪をきれいに梳《と》かしつけて、千歳屋に来る時はいつも着物姿だ。とても気前がいいと聞いているけど、がさつな感じがして怒鳴りつけるような大きな声で話すので、何だか怖い印象を持っていた。でも、かあさんが決めたことに逆らうなんて出来ない。

有難いことに体だけは丈夫だったので、外地に来て一度も病気をしなかった。街中が氷の中に閉じ込められているような厳しい寒さの中でさえ、風邪すら引いたこともなかった。だから、病院などとは無縁の生活をしていたが、ある日、かあさんに言われた。

「ねえさんたちが病院に検査に行く日に、紀代も一緒に行って診察してもらうんだよ」

「私、どこも悪くありませんけど」

「水揚げがもうすぐなんだから、本当に病気持ちでないかどうか健康診断が必要なんだよ。お上《かみ》にちゃんと身体検査表を提出しなきゃならないんだからさ」

ねえさんたちが毎月検査に行く病院は決まっていた。

百合花ねえさんに念を押された。

「初めてだと驚いて怖いと思うかもしれないけど、相手は医者なんだから別に恥ずかしいことはないいんだからね」

遊廓の検査日は決まっているのだろう。待合室には若い女たちがたくさんいて、流れ作業のように次々と呼ばれて診察室へ消えて行った。

医者と看護婦は、診察台の上半分に仕切られた白いカーテンの向こう側にいるから、顔は見えず声しか聞こえないのだが、初めてそんな場所に寝かされて、両足を拡げ局部を検査された時の衝撃は忘れられない。何をされたのか分からないが痛みまで伴った。自分で我慢強い方だと思っていたが、とめどもなく涙がにじみ出てきた。声を立てないようにするだけで精一杯だった。

自分の診察はもう終わったのに、心配して待っていてくれた百合花ねえさんが、リラの花と同じような香りのするハンカチであふれ出る涙を拭ってくれた。そして、優しく肩を抱いてくれた。

「いつも健気に歯を食い縛って頑張っている紀代の涙を初めて見たよ。でも、遊廓とはそういう所、直《じき》に慣れるさ」

「泣くつもりはなかったんですけど、自然に涙が出てきてしまって」

「これから、泣きたくなる時が山ほど出てくるけど、客の前では泣くんじゃないよ。それから、もう一つ、客に自分から惚れるんじゃないよ。惚れさせるんだ。自分から惚れてしまったらただ惨めになるだけだからね。これが紀代に私が教える最後の言葉さ」

百合花ねえさんのお陰で、店に着く頃にはもうすっかりいつもの自分に戻っていた。

どんなにか衝撃を受けていると思ったのだろう。普通に明るくしている私を見て、かあさんはちょっとびっくりしたみたいだった。

帳場に呼ばれて、お茶と煎餅をふるまってくれた。

「源氏名をいろいろ考えているんだけど、春蘭《しゅんらん》とかはどうかい？　日本春蘭と中国春蘭は花の形は全く違うけど、どっちの国にも咲いているし、何かこう言葉の響きが満州っぽくて、蘭の花は華やかな感じがするだろう」

「私は蘭華ねえさんのような艶やかさはぜんぜんないので、蘭という字が付いたら名前負けしそうです。あのう、菫では駄目ですか」

「菫なんてやけに地味な名前じゃないか、もっとぱっと華やかな名前の方がいいと思うけどねえ」

「菫の花が好きなんです。それに、百合花ねえさんが私のことを菫みたいな雰囲気があると言ってくれたんです」

「へえ、百合花がそんなことを言ったのかい。確かに紀代は派手じゃないし小柄だから、蘭の花というより、可愛らしい菫の花って感じはするけどね」

「じゃ、ぜひそれにして下さい」

「ロシア人たちは日本の小柄な女の子が好きだから、紀代はロシア人に可愛がられるかもしれない。菫って名前も悪くはないか」

「お願いします」

私のたっての願いで、源氏名は菫と決まった。春蘭の方がずっと良いと、富美さんには随分反対されたらしい。でも、かあさんは私の願いを聞き入れてくれた。

十七歳を境に私は岡島紀代子ではなく、菫として生きていかねばならないのだとしっかり覚悟を決めた。


僅かな身の周り品を持って、女中部屋から二階の一番隅っこにある小さい空き部屋に引っ越した。そこは陽当たりも悪く、百合花ねえさんの所とは比べ物にならないほど貧相な部屋だった。だが、とにかく自分の体と引き替えに、私だけの空間を持つことが出来るのだ。

暗い部屋には不釣り合いな、華やかな緋縮緬《ひぢりめん》の長襦袢《じゅばん》としごき、友禅の着物が、もう既に富美さんの手で衣桁《いこう》に掛けられてあった。

淡いクリーム色の布地に赤い紅葉の葉っぱが浮き立つように描かれており、その間を縫って一面に色とりどりの小さな花々が、星屑《ほしくず》のように散りばめられて染め付けられている着物を見た時、あまりの華麗さに驚嘆した。本当に自分がこれを着るのだろうか、果たして似合うだろうかと心細くなってきた。裏地は表地と同じクリーム色だが、裾周りと身八つ口だけは襦袢と同じ緋の色が施されていた。

華麗な刺繍で縫い取られ、着丈が長くて両横に深く割れ目の入った、支那服を着用している遊廓もあったようだが、千歳屋では全員が着物着用と決まっていた。

常日頃、かあさんは言っていた。

「日本人にはやはり着物が一番さ。外地にいる男たちは、女を抱いて着物を脱がせながら遥かに故郷を思い出しているんだよ。支那服じゃ身も蓋もないじゃないか」

水揚げを明日に控えた前日、富美さんに言い渡された。

「今晩、紀代の部屋に嘉助爺やが行くから、早目に湯に入り、床を敷いて長襦袢姿で待ってるんだよ。一晩、嘉助爺やと過ごすんだ。遊廓で男と女がどういうことをするのか、爺やが全部教えてくれる」

寡黙だが何かと労ってくれ、いつも慈愛の眼差しで見守ってくれている、お父ちゃんのような嘉助爺やは好きだった。でも、七十歳は越えているだろうと思われる、年取った爺やが一体何を教えてくれるのか見当も付かなかった。

「紀代ちゃん、入るよ」

夜も更けて嘉助さんが訪れて来た。

下足番をしている時の紺の作務衣《さむえ》、法被《はっぴ》姿ではなかった。白地に赤や青や緑色などで、いろは文字が染め抜かれた浴衣を着て藍色の兵児帯《へこおび》を締めていた。

「おかみさんに聞いたと思うが、今宵一晩は紀代ちゃんの面倒を見ることになっている。紀代ちゃんは目を瞑ってわしに体を任せていればいいからね。幼馴染みで好きだった男の子とかいたら、その子のことでも考えているんだ。いいね」

「はい、よろしくお願いします」

丁寧に頭を下げてお願いしたが、どんなことをされるのかと不安で胸は張り裂けそうだった。

それに、今まで好きだと思った男は、お父ちゃん、順一、孝次しかいない。皆、家族だ。どうしても他人の誰かを想い描かなければならないとしたら、高等小学校を卒業する時の担任だった橋本先生位だ。

卒業後、私が家族と朝鮮に渡ると知った時、放課後にそっと呼び寄せて言ってくれた。

「日本は今、朝鮮や満州を植民地同然にしてしもうとる。じゃけんど、こげん状態は長くは続かん。きっと戦争になっち、外地におる人々は皆、大変な目に遭うようになる気がすると。そじゃけん、岡島のことも心配なんじゃが、家族全員で外地に行くんなら仕方がなかと。どげん地へ行こうが、岡島なら頑張れるっち先生は信じとる」

真剣に私の行く末を心配してくれた。その先生を瞼に思い浮かべながらしっかりと目を瞑っていた。

長襦袢のしごきを解かれ、裸身を嘉助さんの前に晒された時は身が縮むほどの羞恥心を覚えた。

年齢とは不釣り合いな柔らかい滑らかな手が、私の体の隅々を弄《まさぐ》っていく。抱き締められて口付けをされた。煙草を吸っている男衆たちが常用している仁丹の香りが、ほんのりと匂ってきた。糊の利いた浴衣がざらざらと素肌に当たって痛い。唇が両の乳房まで下りてきて、ぞくっと何か鳥肌が立つような気持ちにされた。唇は更にもっと下の方まで下がってきて、先日、医者に検査された秘部にまで達した。体中がざわざわと音を立てて崩れていくようだった。

その後、鋭い痛みと共に何かが私の中に入ってきた。思わず涙ながらに叫んだ。

「痛い！　止めて下さい」

「紀代ちゃん、この忍棒に耐えなければ明日、客を取ることは出来ないんだよ。今日は棒を使ってほんの少し入り口を拡げただけだ。明日はもっと奥の方にまで男が入ってくる。せっかくの水揚げの時、女が泣き喚いて男の興を削《そ》ぐようなことがないように、慣れさせておくのがわしの役目なんだ」

涙に咽《むせ》んでいる私の頭をそっと撫でて抱え起こしながら、嘉助さんはさらに続けた。

「今から、もっと嫌なことを紀代ちゃんに教えなくちゃならない。さ、長襦袢を着せてあげよう」

素裸の私に長襦袢を着せ掛けて、慣れた手付きでしごきも締めてくれた。そして、上から優しくそっと抱き締めてくれた。私の涙でぐっしょりと濡れ、張りもなくなり柔らかくなっていた浴衣を脱いで、今度は嘉助さんが裸になって布団の上に横たわった。

痩せてはいるが、年齢の割に引締まった裸体を目の前に向けられて驚いている私に、いつもの穏やかな言葉遣いではなく、ぴりっとした命令口調で言った。

「今度は紀代ちゃんが同じようなことをわしにしなければいけない。どんな客が来ても応対しなければならないのが遊廓の女なんだ」

私の手を摑《つか》んで、まばらな白い体毛の中にそっと覗いている彼の一物《いちもつ》を握らせた。

男の裸を見るのも初めてだったし、ましてや、そういう物に手を触れることになるなど思ってもいなかったので、思わず手を引っ込めそうになった。だが、嘉助さんはしっかりと手首を押さえて離さなかった。

「今度は目を開けてはっきりと見るんだ。自分の手が男のどこを触り、どうすれば男が喜ぶかを知らなくちゃいけない。わしはもう歳だから、時間が掛かって大変かもしれないが、客は若い男ばかりじゃない」

その言葉付きには有無《うむ》を言わせないものがあった。

指示通りに両手を使ってひたすら彼の物を弄った。どの位の時間が経過したのか全く分からなかった。

小さかった一物が、まばらな白い茂みの中から起立してきて、じとっとしたものを手の平に受けた時、やっと奉仕の時間が終わったと悟った。

「よく頑張ったなあ。これでもうすっかり一人前の女郎だ。今日は泣きたいだけ泣いて、紀代子という名前にお別れをするんだ。明日からは菫ねえさんとして生きていかなければならない。わしの役目は終わったからもう行くからね。ゆっくりお休み」

いつもの思いやりのある口調に戻って、しんなりとした浴衣を羽織って去って行った。

嘉助さんが去ってしまってからも、私は放心状態で敷き布団の上にじっと座ったままだった。涙は後から後からとめどもなく頰に流れてきた。私の覚悟なんていいかげんなものだったのだ。頭では分かっていたのに体は何も分かっていなかった。

嘉助さんは今日はほんの入り口だけだと言った。それでも、あんなに痛かったんだから明日はどうなるのだろう。それに、見知らぬ男の人の物を自分の両手で触らなければならないのかと思うと、それもおぞましかった。何もかもが恐ろしく、とても寝付けそうにもなかった。

部屋の中一杯に拡げられている華やかな友禅染めの着物が恨めしかった。こんな意気地のない自分がお職を張るなんて出来るはずがない。暗い女中部屋でもいい、千代に叱られてもいい、また、下働きに戻りたいと痛切に願った。だが、好むと好まざるとにかかわらず、運命として定められた人生をもう引き返すことは出来ないのだ。

三

水揚げの当日、澱《よど》んだ重い心とは裏腹に、ハルビンの秋空は抜けるように青くてぴんと張り詰めた冷たい空気は清々しかった。廊下に面している窓を開けて思いっきり深呼吸した。

今日からは菫として生きていくのだから、全てを堪えなければならないと、もう一度しっかり自分自身を納得させた。

鏡を覗くと、一晩泣きあかしたため瞼は腫れぼったく目は充血していて、とても人前に出せるような顔には見えなかった。階下に降りるとすぐ、かあさんに呼び付けられた。

「紀代はもうちょっと根性のある子だと思っていたのに、何だいその顔は。夕方、化粧に入る前に、氷水で瞼を冷やしていつもの紀代らしい顔に戻すんだよ。それじゃ肝心の目元が台無しじゃないか」

痛ましそうに私を見詰める嘉助爺やの眼差しに出会い、羞恥心で一杯になった。どこかへ消えてしまいたい気分だった。

夕闇が訪れ千歳屋が賑々しく活気に満たされる前に、風呂場で富美さんに体中をごしごしと洗われた。富美さんが化粧道具一式を手に部屋へ入って来た頃には、目はまだ少し赤かったが、瞼の腫れはすっかり引いていた。

下働きの時は両横に分けて三つ編みにしていた髪を、梳かし付けられて上に高く結い上げられた。

「きれいな襟足をしてるねえ」

そう言いながら、富美さんは白粉を付けた刷毛《はけ》で私の首筋を何回もなぞった。

手際良く化粧が施され、鏡の中の紅を差された自分の顔はまるで見知らぬ人に見えた。燃えるような緋色の長襦袢にしごきをゆったりと締めて前に垂らし、友禅の着物をふんわりと上から羽織ると、見事に女郎、菫が出来上がった。鏡の中のどこにも、もう岡島紀代子の面影はなかった。

「さすが女将さんの目に狂いはないねえ。この着物よく似合っているじゃないか。初々《ういうい》しさがよく出ている。女郎は頭と体と心が一つになってはいけないんだ。皆ばらばらにしておかないとこの世界では生きていけないよ」

「はい、昨日、それがよく分かりました」

「これは衛生具、一応どの部屋にも置いてはあるが、ほとんどの男は使いたがらない。これは洗滌器、客が帰ったら必ずこれで局部を洗滌するんだ。体の中に客の痕跡を残して置いてはいけない。洗滌するのを怠って妊娠なんかしたら女郎の風上にも置けないよ。よく覚えておくんだね」

二つの品を手渡された。便所掃除をしていた時、捨てられてあるのをしばしば見付けたが、何に使うものかその時は全く見当が付かなかった。

手の平に入るほどの洗滌器は太く丸くて、その上には細い長い管が付いている。使い方を説明された。

「昨日、嘉助爺やがひととおり教えてくれたと思うけど、自分の体を使わないで、手で客を満足させてやったら、それは結局、自分のためなんだからね。どうせ一杯やってから来る客が多いんだから、満足したらすぐに眠ってしまう客もいる。その間、女は休んでいられるのさ。いちいち本気になって体を使っていたら身が持たないよ。よく覚えておくんだね」

最後に、縮緬の小さな巾着袋を手渡された。

「この匂い袋は百合花ねえさんから渡してくれと頼まれた。客が来るまでは胸元に入れておいて、客が部屋に入って来たら長襦袢の袂に移し替えるんだよ」

白地に紫色の菫を中心にした小花が布一杯に描かれていて、紅色の短い紐でしっかり結えられていた。顔に近付けると、白檀《びゃくだん》、伽羅《きゃら》やリラの花の香りが入り混じったような芳《かんば》しい香りがほんのりと漂ってきた。わざわざ菫の模様が入っている袋を選んでくれたねえさんの心遣いに、胸が一杯になった。

水揚げの折りには、店の雑用をこなしている者たち全員に客はご祝儀を出す習わしになっているそうだ。だから、川島さんのようなお金持ちの人が選ばれて、客の方も自分が選ばれたのを得意に思うと聞いた。

通りが薄暗くなり、まだやっと千歳屋の看板に灯が点《とも》り始めた頃、早速、富美さんに案内されて川島さんがやって来た。

「今日は俺がいろいろ教えてやろう」

相変わらず大きな声でずかずかと部屋に入り込んで来た。

嘉助爺やが言った通り、川島さんの物が私の一番奥深い所まで入ってきたが、もう泣いたりはしなかった。体が震えるのを止めることは出来なかったが、歯を食いしばってじっと痛みにも耐えた。

「菫は痩せ過ぎだなあ。もっとふくよかになって色気をつけなくちゃ、また抱きたいと男は思わないぞ」

一時間余りの時を部屋で過ごした後、捨て台詞《ぜりふ》を残して何やら不満気に去って行った。

川島さんが二度と自分を抱く気はないと分かって心底ほっとした。これで蘭華ねえさんに恨まれないですむ、それどころか、やはり自分の方がずっと魅力があるのだと、これみよがしに言うだろう。

敷布の上のうっすらと滲んだ血の跡に、菫として生きていかねばならない自分の運命を再認識させられたが、感傷に浸っている場合ではない。急いで便所に行き初めて洗滌器を使った。何度も何度もしつこい位に洗滌した。

女郎は、一日に大体七、八人位の客の相手をすると言われている。だが、かあさんの思いやりで、水揚げの初日の客は川島さんだけだった。

帳場に呼ばれた。

「川島さんは菫のことがあまり気に入らなかったようだねえ」

「はい、痩せ過ぎで色気がないと言われました」

「まだ十七歳で男は初めてなのに、色気なんかある訳ないじゃないか。川島さんは蘭華のような派手でふくよかな女が好きだからね。かえって良かったよ。これで、蘭華にも恨まれないですむだろう。男の数さえ踏めば色気なんてこれから幾らでも出てくるさ」

かあさんが川島さんを選んだ訳がやっと分かった。私は川島さんの好むタイプではなく、蘭華ねえさんの元に必ず戻ると確信があったからだ。

「明日は一番に待ち兼ねたセルゲイさんの予約が入っているから、菫の得意なロシア語を使って喜ばしてあげるんだね。この裏町の歓楽街にはロシア・キャバレーもあるし、その他いろんな国の遊廓も軒を連ねている。様々な国籍の女たちが幾らでも男の相手をすることが出来る。その中でわざわざ千歳屋を贔屓にしてくれて、しかも菫の水揚げまでしたいと言ってくれたんだから、大切にしておくれよ。セルゲイさんは異国の上客を紹介してくれるしね」

「はい、でも、色気がない私が異国の人をどうやって満足させたらいいのか、分からないんです」

「セルゲイさんは少女みたいな痩せっぽちの菫が好きなんだ。川島さんが望んだような色気は必要ない。男にはいろんなタイプがあって、女の好みも様々なんだよ。女郎は男に合わせて変幻自在に自分を化けさせるんだ。今日は早目に部屋に引き揚げていいから、明日のためによく準備しておくんだよ。少なくとも十日間は初見世の紙が写真の下に貼り出されているから、引っ張りだこで忙しくなる。いいね」

「分かりました」

体を与えるだけでなく、それ以上のものを与えて客を満足させろと言った百合花ねえさんの言葉を思い出した。

下働きの時、セルゲイさんの問いに私が拙いロシア語で答えると嬉しそうにしていたから、体以外にはとりあえず語学で立ち向かっていくしかない。つくづく辞書があればどんなにいいだろうかと思った。

私の写真の下だけに、大きな字で「初見世」と書かれた半紙が垂れ下がっているのを横目に見ながら、磨き上げられた階段を上った。途中、百合花ねえさんとすれ違った。

「菫ねえさん」

小さな声で呼ばれ励ますように肩を軽く叩かれた。

「匂い袋、ありがとうございます」

頭を下げたら、何も言わずそっと微笑んで階段を下りて行った。ほっそりとした後ろ姿が何だかとても侘しそうに見えたのは、思い過ごしだったのだろうか。

女郎の衣装を纏った私を一目見て、セルゲイさんはびっくりしたようだ。

「クラシーバヤ！（美しい）、ハラショー（素晴らしい）」

大げさな仕種で両手を拡げ、太い腕の中に抱き締められた。

外国人の年齢はよく分からないけど、多分、川島さんと同じ位だろう。それに、体型も同じように大柄で恰幅《かっぷく》が良いのだが、何故かセルゲイさんには親しみが持てた。

抱き締められて、セルゲイさんの体中から発する強い柑橘系《かんきつけい》の香りの中に自分が浮かんでいるようだった。異国人は独特なにおいがするから嫌だと蘭華ねえさんが言っていたのはこのことだろうか。確かにほんのりと漂ってくるのなら良い香りなのだが、むせ返るようなあまりの強さに思わず咳き込んでしまった。こんなにたくさん男が香水を付けなくてもいいのにと思いつつ、咳を鎮めようとすればするほど止まらなくなってしまった。

「シトー（どうした）？」

心配気に顔を覗き込むセルゲイさんに悪くて、私は袂で顔を覆った。

枕元のコップに水を注いで渡してくれた。客にそんなことをさせてはいけないのではないかと思ったが、金で買った女にそんな態度を示してくれる親切心がとても嬉しかった。

昨日の川島さんだったらきっとこんなことはしてくれないだろう。川島さんが香水を付けていなくて本当に良かった。

日本人より体臭が強い外国人は、女だけでなく男も香水をよく使うと聞いたことがある。セルゲイさんの気分を損なわないように、知っている限りのロシア語を駆使して状況を説明した。

「今度、菫に会う時はオーデコロンを付けないから、今日は我慢してくれ」

豪快な笑い声をたてながら言った。

オーデコロンという言葉を初めて聞いた。香水とどう違うのかよく分からなかった。

「菫も何だかリラの花のような香りがするな。そうか、日本人はこういうほんのりした香りが好きなんだな。ロシア人には物足りないが」

セルゲイさんには何でも気安く話せそうで、百合花ねえさんに貰った匂い袋を袂から出して見せた。持ち上げてしげしげと見つめながら、自分の鼻元に近付けた。

「こういう奥ゆかしさがあるから、私は日本人が好きなんだ」

ほんのり、物足りない、奥ゆかしいなどのロシア語の単語が分からなかったので質問すると、丁寧に易しい単語でもう一度説明してくれた。客と女郎というより、まるでロシア語の先生と生徒のような雰囲気だった。やはりセルゲイさんは、私とロシア語で会話が出来るのが楽しいのだ。でも、その後はやはり女郎に戻らねばならなかった。

まるで宝物でも扱うようにそっと床の上に寝かせられ、しごきが解かれて口付けをされた。嘉助爺やの時の仁丹の香りとは違い、セルゲイさんのは薄荷の香りがした。

大きな腕の中に私の小さな体はすっぽりと収まり、奥深く入ってきたセルゲイさんを必死で受け止めた。強いオーデコロンの香りが体一杯に拡がったが、もうむせ返ることはなかった。やっと一人前の女郎になった気がした。

遊廓の女は大体一時間単位で客を取ることになっていた。だが、セルゲイさんは三時間余りを私の元で過ごした。気に入った女の所に居続けることを貸し切りと言うそうだが、前もって貸し切りの段取りがかあさんとの間で交わされていたらしい。見知らぬ何人もの客の相手をするより、セルゲイさんと一緒に過ごす方がずっと良かったからホッとした。三時間の大部分がロシア語の話で過ぎていった。

「明日からしばらく仕事でレニングラードに出掛けなければならない。残念だが当分会えなくなるなあ。今度会う時はもうすっかり一人前の女になっているんだろうな。少女ではなくなった菫を見るのも、また楽しみだ。レニングラードの土産は何がいいかな」

より身近に感じるようになったセルゲイさんに、図々しくもおねだりをした。

「ロシア語の辞書が欲しいと、ずっと前から思っていたんです」

「なあんだ、それなら今、ハルビンで幾らでも手に入る。私は来る時間がもう作れないから誰かに頼んで届けてやろう」

セルゲイさんの気持ちはとても嬉しかったが、しょせん、自分は女郎なのだと改めて認識した。一人前の女になるのを楽しみにしていると言われて、ロシア語の先生に対するような気分に浸っていた自分の愚かさを、はっきりと認識した。

日中はひっそりして寂《さび》れているような雰囲気があるヤポンスカヤの裏通りは、戸外が薄暗くなり始めると、一転して街全体が華やかなネオンに彩られるようになる。

遊廓やキャバレーの客引きの声がひっきりなしに飛び交い、一夜の遊興を求める男たちの姿が巷にたむろする。

千歳屋の前でも、客を呼び込んでいる男衆たちの大きな声が、私の部屋まで聞こえてきた。

「見たところ少女のような、初見世のうぶな娘がいますよ。旦那方のご指導を待っていますよ」

通りかかった男なのだろう。しわがれ声の老年らしい男の声が二階にも伝わってきた。

「初見世じゃ高いんだろう」

「まあ、ご祝儀もはずんでいただくのが決まりなので、多少は高くなりますが決してがっかりはさせませんのでいかがです」

「近頃、初見世の女は珍しいからな。年を取るほど若い女が良くなるもんだ。寄ってみるか」

「さあさ、どうぞ、どうぞ」

セルゲイさんが帰った後、ひっきりなしに私は客の相手をすることになった。

翌日も状況は変わらなかった。他のねえさんたちに声が掛からなくても私だけは呼び出された。

皆、初見世という言葉に惹かれて来たような客ばかりだったから、私はただ客の言うがままにされているだけで時間は過ぎていった。

初見世の値段は幾らだったのだろうか。ほとんどが日本人の中年の裕福そうな客ばかりだったから、きっとかなり高かったのに違いない。帳場でかあさんがとても嬉しそうにしていたところを見ると、随分、千歳屋に貢献したのだろう。

張り紙が垂れ下がっているこの期間、一体何人の客を相手に、どんな人たちに体を与えどんな言葉を交わしたのか、ほとんど覚えていない。頭は空っぽで心は虚ろで体だけが生きていた。生かしておいたという方が適切かもしれない。

頭と心と体をばらばらにしておけと言った富美さんの言葉通りだった。

着物姿や背広の人、軍服姿の人までいたが、衣服を取り払ってしまえば皆、ただの男になった。様々な男が私の体の中を通り過ぎて行った。一人としてその痕跡を残さないように、赤くなり、ひりひりと痛みまで伴うようになった部分をひたすら洗滌した。

客たちは様々な言葉をかあさんに残して帰ったらしい。

「抱き締めたら折れてしまうんじゃないかと思う位か細くて、つい大事に扱ってしまったよ。こっちが客なのに」

「まいったよ。あまりに可憐過ぎて、自分が何か悪いことをしているような気持ちにさせられてしまった。菫とはよく名付けたなあ」

「初見世の良いところだな、初々しくて女郎って気がしなかったぜ。素人の女を相手にしているようだった」

「胸は小さいし痩せ過ぎだよ。もっと飯を食わせて太らせなきゃ駄目だな」

「いくら初見世だって、色気の欠片《かけら》もない小娘じゃないか。もっと仕込んで店に出してくれよ。こっちは金を払っているんだからな」

「こっちの言いなりになってくれるのはいいが、あれじゃ人形を抱いてるようだったよ」

概して私の評判はあまり良くなかったようだが、かあさんは言ってくれた。

「確かに菫はちょっと痩せ過ぎているから、もうちょっとふくよかになった方がいいかもしれないね。でも、初見世としてはよく頑張った方だよ、随分稼いでくれた。いろいろ言われたけど、客の半分はまた指名してくるとわたしゃ思ってるよ。可憐さが売り物に出来て、菫という名前はぴったりだったねえ」

ただ一人の人

一

華としての生活はまだ始まったばかりだというのに、街中には戦争の足音が刻々と忍び寄っている気配が感じられるようになってきた。

公に宣戦布告して戦っていた訳ではなかったが、羅南に住んでいた頃から始まっていた中国の日本へのゲリラ的な戦いは、ますますその度合いを深め、最早、日中戦争として泥沼化しているとさえ囁かれていた。

華僑《かきょう》が背後で中国軍を応援しているという噂も聞くようになってきた。世事に疎《うと》い私の耳にも、国民党の蔣介石《ショウカイセキ》という名前が頻繁に入ってきた。

遊廓は別世界だと思っていたが、千歳屋によく通って来ていた、裕福そうな顔馴染みの中国人の客もめっきり減った。

巷に夕闇の帳《とばり》がうっすらと立ち込める気配が漂い、やっと煌びやかな灯が点《つ》き始めた頃、いかめしい軍服姿の客ばかりがはばを利かせるようになった合間を縫うように、珍しく中国人の林 康男《はやしやすお》さんが二人で訪ねて来た。かあさん以外には林さんの本名、中国名を誰も知らない。

下働きだった頃、あまり日本語が得意でない林さんが来た時には私が中国語でいろいろ細かい応対をしたから、私のことをよく覚えてくれていた。たどたどしい日本語でかあさんに聞いていた。

「中国語が分かる下働きのあの女の子はいないのか?」

「あ、そこに貼ってある初見世の菫があの子ですよ」

「初見世?」

かあさんの言った意味がよく理解出来なかったようで、林さんの連れの、日本語が出来るらしい若い青年が中国語に訳した。

「ハオ(良い)、ハオ」

小鳥のさえずりのような、高低の抑揚のある中国語が二人の間で交わされ、青年はいささか恥ずかしそうに通訳した。

「僕は甥《おい》なのですが、日本の遊廓に一度も行ったことがないのを叔父が知って、今日、連れて来られたのです。初見世の女の子が丁度いたのは運がいい。ぜひ、その人に相手になってもらえと言っています」

「まあ、甥ごさんなんですか。じゃ、同じ林さんということでよろしいですね。日本語が随分お上手なんですね。まだ時間が早いので菫はお相手出来ますよ。もっと遅い時間だったら、初見世の女の子はもう引っ張りだこでとても無理でしたが」

呼ばれて階段を下りて来た私は、濃い眉の下の切れ長の目にじっと見詰められた。

きりっと引き締まった唇から漏れ聞こえた中国語に、我れ知らず赤面した。多分、私のことではなく日本の着物がきれいだと言ったのだとは思ったが……。

「ハオカン（きれい）」

改めて林さんに挨拶したら、びっくりした表情で青年と同じように見詰められた。

「女は分からない。あの子がこんなにきれいになったのか」

相好を崩した林さんに手招きされて、改めて甥を紹介された。彼は日本名を林《はやし》文和《ふみかず》と名乗った。

恰幅の良い叔父さんと並ぶと痩せてみえたが、背丈は中国人にしては高い方だった。背広の肩幅が広いのが印象に残った。

叔父さんの方は並べられた写真を見て、蘭華ねえさんに決めたようだった。

蘭華ねえさんと比べられると、私の部屋は貧相だからちょっと気が引けたが、あえて中国語を使って手を引いて部屋に案内した。大きな冷たい手だった。

「どうぞ、こちらへ」

部屋の真ん中に拡げられた華やかな敷き布団が何故か恥ずかしかった。もう何人もの男がここで戯《たわむ》れていったというのに……。

黙ったまま脱いだ背広を受け取りながら、沈黙の間の悪さを破るように、また中国語で話し掛けた。

「日本語がとてもお上手ですね」

「君だって中国語が上手じゃないか」

彼の方は日本語で答えたので、お互いがわざわざ相手の国の言葉を使っている不自然さに、私たちは思わずどちらからともなく笑い出してしまった。

「どっちの国の言葉で話すか統一しよう」

「聞き覚えだけで使っている私の中国語はいいかげんですから、日本語にして下さい」

「習ったことはないのか」

「女郎に中国語を習う暇なんかありません」

「すまない、気が利かないことを言った」

「林さんはどこで日本語を習ったんですか」

「東京の大学に留学していたことがあるから、そこで覚えた」

「東京に留学なんて凄いですね。私は日本人なのに一度も東京に行ったことがありません」

「そうか、どこからハルビンに来たんだ?」

「お客さんには個人的なことをあまり話しちゃいけないんです。林さんは何故、東京に留学しようと思ったんですか」

「客の方は個人的なことを喋ってもいいのかな。学生時代から孫文先生の教えに感銘していた。だから、その先生が亡命し、助けられていたこともある日本という国に関心を持ったんだ」

「あの辛亥革命を起こした孫文先生のことですか」

びっくりした顔でまじまじと見詰められた。

「辛亥革命を知っているのか」

「ほんの聞きかじりです。孫文先生は、まだ革命は志半ばだけど、後輩がきっと成し遂げてくれるだろうと言って亡くなったと聞いています」

列車の中で、山木の小母さんが話してくれたことをそのまま伝えた。

「驚いたよ。日本の遊廓で孫文先生や辛亥革命の話が出来るとは思わなかった。なかなか知識があるんだな」

「小学校しか出ていませんから、そんな知識がある訳ではありません」

客を立たせたまま話していることに気が付いて、慌てて座布団を勧めた。

「すみません、気が利かなくて女郎失格ですね」

「世慣れていないところが初々しいよ」

「お店に出てまだやっと一週間ですから」

「下働きに中国語が上手な面白い女の子がいるからと、ここに連れられて来たんだが、その子の客になって孫文先生の話まで出来るとは思わなかった。どうして中国語が話せるようになったんだい」

「だって、ここは中国じゃないですか、そこに住まわせてもらっているんですから、その国の言葉が話せるようになるのは当たり前です」

「ふうん、中国だと思っているのか。大体の日本人は満州を日本の一部だと思っている。日本人はハルビンの何処にだって行けるのに、中国人には入れない場所があるという事実を、日本人は誰も不自然だとは思っていない」

「本当におかしいですよね。日本人はこの土地に居させてもらっているだけなのに」

「居させてもらっているか、そんな風に言う日本人には初めて会ったよ」

「だって、本当のことですもの」

気が利かずお茶も出していないのに気付いて、慌ててお茶の用意をした。

「日本のお茶ですが、どうぞ。中国茶ではないですけど」

「日本のお茶も好きだよ。今日は君に会って話が出来ただけで来た甲斐があった」

「お客さんにそう言ってもらって嬉しいです」

「歳は幾つだ？　個人的なことはまた駄目なのかな」

「いえ、歳位ならいいです。十七歳です」

「若いなあ」

「林さんだってお若いじゃないですか」

「君に比べれば小父《おじ》さんだよ。何歳に見える？」

「二十五歳位ですか」

「大体当たっている、二十六歳だよ」

「やっぱり若いです。今まで私が相手をしたお客さんは、ほとんど林さんの叔父さん位の年齢でしたから」

「そうか……」

　彼はじっと考え込んでいるようだった。

「どうして遊廓で働くことになったんだ？　あ、また個人的な話になるか」

「ええ、身の上話なんか、お客の前ではするなと……」

私が言いかけた時、締め切った襖《ふすま》を隔てて廊下から遠慮がちな富美さんの声が聞こえた。

「あのう、まだ終わらないのかと叔父さんが下でお待ちですが」

「あ、もう一時間経ってしまったのか。君とは話をしただけだが、叔父を待たしちゃ悪いから今日はこのまま帰る。また、今度一人で来るよ」

「本当ですか、嬉しいです。お待ちしています」

「皆にそう言うんだろう」

私は大きく頭を振って俯いてしまった。心から出た言葉だったのに、しょせん、遊廓の女の言葉としか思われなかったのが悔しく寂しかった。

下を向いた私の顎に手を掛けて上を向かせ、顔を近付けて素早く口付けすると、上着を抱えて部屋を出て行った。茫然《ぼうぜん》としていて富美さんに注意された。

「何ぼうっとしてるんだよ。早くお見送りをするんだよ」

我に返って慌てて後を追った。

部屋まで来て体にも触れず話だけして帰る客は初めてだったが、心がほんわりと温かくなったような気がした。単に女の体を求めるのではなく、遊廓の女を一人の人間として扱い、話し相手になってくれたのが嬉しかった。

「客には惚れるんじゃないよ」

忠告してくれた百合花ねえさんの言葉が耳元に蘇った。

初めて会って、たった一時間話をしただけの人に惚れたりなんかする訳がない。ただ、温かい気持ちになっただけだと自分自身に言い含めた。

ちゃんと客の相手をしなかったのかと、富美さんやかあさんには叱られそうな気がした。だが、下で叔父さんやかあさんに初見世の子はどうだったかと問い掛けられた時、彼は私の方を遠目に見ながら、にっこりと笑って答えているのが聞こえてきた。

「とても良かったから、また会いに来る」

その言葉が聞こえて、私がちゃんと女郎の務めを果たしたと誰でも思うだろうと、少しホッとした。

「ツァイチェン（さようなら）」

別れの言葉を残して、振り向きもせず二人は去って行った。

私は中国語の「再見《ツァイチェン》」という言葉が好きだ。たとえ永遠の別れになることが分かっていても、中国人は再見と言って別れて行く。お互いが再会を期待する願いがこの言葉には込められている。それに引き換え、日本語の「さようなら」は、単に「それじゃあ」という全くの別れの言葉だ。

また、林さんは来てくれるだろうかと、逡巡《しゅんじゅん》の思いでいる私の気持ちなどと全く関係なく、かあさんは言った。

「これだけ日中の仲がおかしくなって来たら、もう林さんたちもこの千歳屋には来てくれないかもしれないね。中国人の中では上客だったのに」

もう彼には会うことは出来ないのかと、温かかった心に冷水を浴びせられた気がしたので抗議した。

「でも、また会いに来ると言っていました」

「馬鹿だねえ、帰り際には客は皆そう言うんだよ。もうそんなこと位分かっただろうに」

確かに今までのどの客も、また来ると言い残して去ったような気がした。また来て欲しいと心から願ったこともなく、どっちでもいいと思っていたから、今まで客の声をまともに聞いてはいなかったのだ。

単に客の一人に過ぎなかったのに、彼だけにはまた来て欲しいと心から願ったのは何故だろう。体に触れもせず話をしただけで帰ってしまったから、強く印象に残ってしまったのかもしれない。

写真の下に貼ってあった初見世の紙は取り除かれたが、九月に稼いだせいで、一番下にあった私の写真は真ん中近くに格上げされて貼られていた。

古株のねえさんたちには嫌味を言われた。

「九月は初見世だったから客が付いたのさ。まだ色気もないひよっ子が、これでいい気になるんじゃないよ」

珍しく雨が降り、まだ十月に入ったばかりにしては底冷えのする寒い日だった。

客の入りがはかばかしくないので、かあさんの機嫌も悪かった。

「今日は景気が悪いねえ。どの子もお茶を挽くようじゃ商売はあがったりだよ」

かあさんが愚痴を言っている時、中折れ帽を目深に被ったレインコート姿の男が一人、千歳屋に入って来た。

「林文和だが、菫を頼む」

「まあ、林さん、今日はお一人ですか」

「叔父が一緒じゃないと、一人じゃ駄目かな」

「とんでもありません。すぐに菫をお呼びしますよ。また、お出で頂いてさぞ喜ぶことでしょう」

「こんな雨の日はあまり忙しくないだろうと思うから、三時間、菫を貸し切りにしたいんだが」

「仰せの通りですよ。今日はあがったりで頭をいためていたところです。三時間でも四時間でも、何なら明日の朝まででもお好きなだけお預けしますよ」

「残念だが、そんなに金は持っていない」

「手広く商売をしている林さんの甥ごさんともあろうお方が、お金がないだなんて信じませんよ」

富美さんに客だと呼ばれて下りて来た私は、帽子を目深に被った客が林さんだとは分からなかった。帽子の下の、覚えのあるあの切れ長の目でじっと見詰められた時は、体に衝撃が走った。胸がドキドキして階段の途中で思わず立ち止まってしまった。

「さあさ、早く二階へご案内しなさい」

富美さんにせかされるまで、茫然と彼を見詰めていた。

「どうぞ」

上の空で差し出した手を、林さんはしっかり握り締めてきた。この前の時と同じくやはり冷たい手だった。

「また、来て下さったんですね。嬉しいです」

「せっかく遊廓に来て何もしなかったから、男と思われていないんじゃないかと心配になったんでね。今日は、男だということを証明するために来た」

部屋に入ると何も言わず自分から衣服を脱いで布団の上に横たわった。当然、私は女郎としての役目を果たさなければならない。

あれほど富美さんに注意されていたのに、この時、体と心を一つにしてしまった。今まで抱かれたどんな客にも、遊廓の女としてしか接したことはなかったのに、何故か林さんだけには、その腕の中にいることに心の安らぎを感じてしまったのだ。

女郎にとって、客と身も心も一つになるのは悲しみ以外の何物でもない。彼の胸をひとしずくの涙で濡らしてしまった。

「どうした?」

「……………」

何も言えずにいる私をしっかりと抱きしめてくれた。

「悲しいことがあるのなら、俺の胸で泣きたいだけ泣くがいい。まだ十七歳なんだからな」

菫になってからは一度として泣いたことはなかった。今まで、堪えに堪えていたものがあふれる涙となってほとばしり出て、彼の胸の中で幼子のように泣きじゃくってしまった。黙ってそっと背中を撫でてくれる大きい手を、さっき握り締められた時とは違いとても温かく感じた。

「客の前では泣くんじゃないよ」と戒めてくれた百合花ねえさんの言葉も裏切ってしまっ

た。

「すみません、一度もお客さんの前で泣いたことなんかなかったのに」

「俺はただの客じゃないからいいんだよ。菫の名前の通りにこんな可憐な女の子がどうして遊廓なんかに居るんだろうと、初めて会った時からずっと気になっていた。中国人に何の偏見も持っていないことも、話していてすぐ分かった。別れてからすぐにまた会いたいと思ったよ。日本語では一目惚れって言うんだろうなあ」

「私も林さんが来てくれるのをずっと待っていました」

「じゃ、会えなかった間、お互いのことを忘れずに心の中に抱きかかえていた訳だ。つまり、お互いが好きになったということだろう」

「女郎は客に惚れるなって言われています。でも、好きだという気持ちは自分でもどうにも出来なくて、それが悲しかったんです」

「毎日とはいかないが、ハルビンにいる間はずっと会いに来る。俺は菫と話をするのが楽しいんだ。一時間じゃ何も出来ないから、俺が来る時は三時間貸し切りだよ。いいね」

「はい、でも、お金が……」

「何とかするさ」

「林さんはどんな仕事をしているんですか」

「今は、はっきりと言う訳にはいかないが、まあ、日本語の通訳みたいなものかな。別に変な仕事をしている訳ではないから、大丈夫だよ」

「ハルビンにずっと住んでいるんではないんですね」

「本当の住まいは上海《シャンハイ》だ。両親と弟、妹がそこに住んでいる」

「もしかすると奥さんも？」

「奥さん、そんな者はいないよ。何だ気にしているのかい」

慌てて思いっ切り頭を振った。

「いいえ、いいえ、私は気にするような立場にはいません。でも……」

「でも、気になったんだろう。俺は、菫がどんな男に抱かれるのかなんて気にしないようにしている」

私は黙って俯くしかなかった。

「海を隔てて遠くにいた日本の女と上海にいるはずの中国の男が、どうしてハルビンで知り合ったと思う？　俺たちは出会うように、そして、愛し合うように運命付けられていたんだよ」

「運命ですか」

「そうさ。見えないだけで、人には生まれた時から歩く道筋が決められている。避けることの出来ない定められた運命がある。そのうち、中国と日本が本格的に戦わざるを得なくなるのも運命なんだろうな」

「それじゃ、私たちはお互い敵同士になってしまうんですか」

「菫のような可愛い敵ならいつでも歓迎するよ」

林さんは苦笑しながら、また抱き締めてくれた。

「でも、林さんはいつかは上海に帰ってしまうんですよね」

「そうだな、外国人たちに蹂躪《じゅうりん》されているこの地を中国人の手に取り戻し、貧富の格差のない、平和な国に出来たら帰ることになるかもしれない」

「孫文先生のように高い志を持っているんですね。じゃ、日本の遊廓なんかに来て遊んでいてはいけないいんじゃないんですか」

「日本の軍人に見つけられて、中国人と分かったらまずいことになるだろうが、ここへは遊びに来ている訳じゃない。ここでしか会えない菫に会いたくて来ているんだ」

「私のために林さんが大変なことになったら嫌です」

「そんなどじは踏まない。俺は林文和でずっと通っている。日本語も完璧だと思っている」

「ええ、でも、ここは軍人さんの客も多いから心配です」

「だから、今日のようなあまり人気《ひとけ》のない日を選んで来たんだよ。菫といると三時間があっという間に過ぎてしまうな。お喋りはもうこの位にしないと時間がなくなってしまう。ここが遊廓だというのを忘れそうだよ」

そっとしごきを解いて私の奥深くまで入ってきて、耳元で囁いた。

「涙で化粧の取れた素《す》のままの菫の方がずっといい」

「こんな顔をお客さんに見られたと分かったら、富美さんに叱られますから」

さりげなく彼の体を押しのけて、長襦袢の袂に洗滌器を忍ばせて便所へ向かった。

今の私は頭も心も体も一つになってしまっている。頭は彼のことで一杯で、虚ろだった心には明かりが灯り、体は灯のように火照《ほて》っている。その火照りを消したくないという心が一瞬、洗滌器を持った手を止めさせた。でも、しょせん私は女郎、富美さんの教えだけはしっかりと守った。

出会う運命にあったのかもしれないが、国籍も身分も異なる私たちは、いずれ再び別れる運命でもあるのだ。

二

日本はもう引き返せない位、戦争に深入りしてしまっており、内地ではいろいろな物資が不足し、国民は耐乏生活を強いられるようになってきていると噂されていた。だが、ここではまだそれほどの実感はなかった。ただ、戦局が押し詰まってくるに従い、軍人のお客さんが前より多くなってきたような気がした。

かあさんと富美さんがしたり顔で話していた。

「昔から戦に行く前には皆、女を抱きたくなるものなのさ。女の中にいる時だけが自分が生きているって証《あかし》になるのさ。まあ、これも軍需景気の一環だね」

初見世の時、私の客になってくれた田村中尉は、それ以来ずっと贔屓にしてくれていて、必ず指名してくれたがしばらく途絶えていた。それが、最近、また頻繁《ひんぱん》に千歳屋を訪れるようになった。

かあさんは軍人のお客さんを一番歓待していたから、もし林さんと鉢合わせをしたりしたら、絶対に田村中尉を優先するだろう。それに、中国人が何故、日本の遊廓に来ているのかなどと、中尉が林さんに不審の目を向けたりしたらどうなるかと気が気ではなかった。

無論、林さんには毎日でも来て欲しいが、田村中尉がいる時だけはどうか来ませんようにと心の中で祈った。

「少しハルビンを離れていたから来られなかったが、今度は当分ここにいることになったから、また、菫に会いに来るぞ」

「はい、ありがとうございます」

「何だ、他人行儀な挨拶だなあ。相変わらず変わっていない。少しは女らしく色っぽくなったかと期待して来たのに、初見世の頃と同じだなあ」

「すみません」

「まあ、その初々しいところがいいんだがな」

田村中尉は林さんより少し年上のように見えるが、多分、まだ三十歳にはなっていないだろう。初見世の時の客の中では若い方だった。

「噂では、菫は中国語とロシア語が堪能だからと、異人の客に人気があるそうじゃないか」

「そんな堪能なんて、聞き覚えで少しは喋れるようになっただけです」

「どうだ、此の頃、異国の客は来るのか」

一瞬、林さんのことが頭に浮かび、ドキッとしたが慌てて否定した。

「いいえ、世の中がこんな風になってきたのでほとんど来ません」

「そうか、そりゃ良かった。いくら菫を贔屓にしていると言っても、あいつ等《ら》の後に客になるのは嫌だからな。女将も商売だからと、ロシア人はともかく中国人まで客として受け入れているのはどうかと思うよ。幾ら日本名を名乗ったところで、こちらにはちゃんとお見通しなんだが、眼を瞑ってやっているんだ。あいつ等にはフーザテンに専門の遊廓があるんだからな。大体、日本の女を抱こうなんていうのがおこがましいんだよ」

たてまえでは中国人の客はいないことになっているのだから、何と答えたらよいのか、一瞬、適当な言葉が思い浮かばなかった。

日本人、特に軍人の大多数は、中国の人を見下した言動をする。その中国人に好意を抱いているなどと知ったら、田村中尉はもう私なんか相手にしなくなるだろう。でも、その方がずっといい。安心して林さんを待っていられるのだから……。


セルゲイさんの友人で、あまり日本語が達者ではないミハイルさんが千歳屋を訪れた。セルゲイさんが約束した辞書を持って来てくれたのだが、どうせ遊廓に来たのだから、女を抱いて帰ろうと思ったのだろう。私が指名された。

「セルゲイに頼まれた辞書を持って来た」

一言簡単にロシア語で伝えたかと思うと、すぐに布団の上に押し倒された。金銭の代償に自分が得た一時間を有効に使いたかったようだ。

セルゲイさんよりもっと大きな体に突然伸し掛かられて、一瞬息が詰まったような気がした。今は体だけを生かしておかねばならないのだと、頭の中で呪文のように「私は女郎」と何度も繰り返した。

去り際にミハイルさんが残した言葉が気になった。

「小作りで日本の女はなかなかいい。菫はロシア語も通じるしな。セルゲイがハルビンにいない間にまた来る。セルゲイに分かると、自分の愛玩物《あいがんぶつ》に手を出すなと言われそうだからな」

愛玩物という言葉だけが頭の片隅に重く残った。しょせん、遊廓の女は客にとっては人間ではなくて物なのだ。あのセルゲイさんも、私のことを可愛がるための玩具としてしか見ていないのだろうか。

菫と名乗った時から、彼方に押しやってしまった人間としての誇りが胸中深く渦巻いてきた。林さんだけがこの渦巻きの輪の中に入って、一人の人間として対等に話をしてくれた。

傍らで、嬉しそうに呟いているかあさんの言葉をぼんやりと聞いていた。

「菫もたいしたものだよ。セルゲイさんだけじゃなく、ミハイルさんも虜にしたようじゃないか。もちろん、林さんもだけどね。田村中尉だってハルビンに戻って来たら、また、ちゃんと菫に会いに来てくれるしさ」

心が通っていない体だけの行為がどんなに空しいものか、水揚げをしてまだ半年も経っていないのに、私はもうそれを知ってしまった。

林さんは客として来ているだけなんだと、何度も自分自身に言い聞かせたが、会えば会うほど思いが募っていく。いっそのこと、もうこのまま来てくれなければ諦めがつくのにと思う反面、一週間、林さんの訪れがないと、気もそぞろになって食事も満足に取れなくなってしまうような始末だ。皆にそれを悟らせないように、わざと陽気な振りをし、必死になって平静を装っていた。

私の心の中など何も知らないかあさんは言った。

「やっと菫もこの世界に馴染んできたようだね。下働きの時は元気一杯だったのに、菫になってからはずっと辛気臭い顔をしていたからね。それが笑えるようになったんだからもう一人前だ。後はもっとふっくらして、どの男にも気に入られるように色気を付けるだけだ」

百合花ねえさんが、客に自分から惚れたら惨めになるだけだよと固く教えてくれたのに、馬鹿な菫は自分から客を好きになってしまった。しかも、今の日本人には、決して受け入れられないであろう中国の人を……。

弟、順一からの便りをいつも楽しみにしていたのだが、少年航空隊に入隊してからは、手紙など書く暇が持てなくなったのだろう。全く手紙は来なくなった。

下働きの時とは異なり、菫と名乗るようになってからは、幾らか時間にゆとりも持てるようになった。だが、家族に今の環境を知らせずにすむならそうしておきたいと思い、自分からはあえてペンを取らなかった。羅南に送金していることで、無事は確認されていると一人で決めていた。

お母ちゃんはもともと筆不精だったから、代わって順一がいつも手紙を書いてくれていたのだが、入隊してしまったので、たった一度だけ、お母ちゃんから短い便りを貰ったことがあった。

「ここよりもっと寒いと聞いているハルビンで、元気にしていますか？　山木さんが突然引っ越してしまったので、あなたの様子が全く分からず心配です。羅南にはますます兵隊さんが多くなり、日本はどんどん戦争に向かっているようです。こんな時勢に、家族が離れ離れになっているのは心細いものです。

私と雅子と孝次と三人、何とか食べていけるようになったので、もう送金しなくてもいいからそれを旅費にして羅南に戻って来てはどうですか？　同じ下働きの仕事をするのにも、遠い満州のハルビンなんかではなく、こちらにいてくれれば私も安心出来ます。

どうぞ、体だけはくれぐれも大事にして下さい」

やはり、お母ちゃんはいまだに私のことを料理屋の下働きだと思っているのだ。借金で身動き出来ない状態になっているのだとは、夢にも思っていないのだ。

羅南を離れる時に貰った支度金に始まって、水揚げの時に羽織った見事な友禅の着物も、客との戯れに使用される絹の布団も、全てが借金として加算されていく。遊廓のからくりというものが、もう私にもよく分かるようになってきていた。

遊廓の女に身を落としてしまった姉が、一体どんな顔をして弟や妹に会うことが出来るのだろう。

家族には会いたい。でも、今、私が何をおいても会いたいと思っている人は林さんなのだ。たとえ、借金に縛られていない自由の身だったとしても、ハルビンを離れる訳にはいかない。この街に居るからこそ会えるのだから。

何度も返事を書こうと思ったが、結局、書きあぐねて無為に時は過ぎていった。返事もくれない親不孝な娘だと思われても仕方がない。今は頭の中は林さんのことで一杯で、他に何も考えられない。

日本人がこれほどたくさん満州に住んでいるのに、いや、住んでいるからこそ、日本と中国の間は、もう抜き差しならない位戦争に向かって突き進んでいたようだ。

相対している二つの国に属している私たちに、別れの時がいつ訪れても不思議はない。

昭和十六年一月、一年中で一番寒い季節を迎え、零下二十度を下回る日が続いた。雨量は少ないので雪はそれほど降らないのだが、シベリアから吹き下ろしてくる高気圧のため、街中が凍りついているように見える。

零下三十度にもなった日には、小鳥は空を飛ぶことなど叶わない。人間のように身を守る防寒具を持たない犬や猫は、たとえ毛皮に被《おお》われていても外を徘徊したりはしない。凍りついている通りをたまに人が行き交いしているが、全員頭から足まですっぽりと防寒具に身を包んでいる。こんな日は呼吸することさえ困難に思える。だが、ペチカがあるせいで部屋の中は暖かい。

人通りもまばらなこんな寒い日だからこそ、林さんはきっとやって来ると私は確信していた。

「まあ、林さん、こんな日によくいらっしゃいました」

わざと二階にも聞こえるような大きな声で、かあさんが言った。

やっぱり来てくれたと、呼ばれるより早く自分からいそいそと階段を下りて行った。

「今日のような日にはきっと来てくれると思っていました」

「体が凍えてしまっているから、せめて心は温かくしておきたいからな」

分厚い毛皮の手袋を外した手をひしと握りしめた。氷のように冷たい手を思わず頬に押し当てた。

自分の暖かい裸身を密着させ、凍えたような体を抱き締めてひたすら温めた。

体温が上昇し生気を取り戻した彼の心臓の音が、ぴったり寄り添った私の耳にドクドクと響いた。生きている証をお互いの体の中で確かめ合った後、林さんが言った。

「初めに、個人的なことを聞いては駄目だと釘を刺されたが、今は俺は客として来ているんじゃない。恋人と思っている。だから、菫のことをもっといろいろと知りたいんだ」

「私だって、林さんのことはただのお客さんだなんて思っていません」

「じゃ、教えて欲しい。菫ではない、本名を」

「岡島紀代子です」

彼は私をじっと見詰め、呻くように呟いた。

「紀代子、俺に会うために一体、日本のどこからやって来たんだ？　そして、どうして今は遊廓にいるんだ。何故、ここではない他の所で、もっと早く俺たちは出会えなかったんだろう」

「ハルビンに来る前は朝鮮の羅南にいました。その前は、九州の大分県、臼杵という所に住んでいました。私はそこで生まれ育ったんです」

ハルビンまで来て女郎になった経緯を話し、そっと手を握った。

「林さんの本当の名前も教えて下さい」

「俺の中国名は李炎彬《リヤンビン》、日本人には誰にも本名を言ったことはないが、二人だけの時はヤンビンと呼んでくれ。俺ももう菫とは呼ばない、紀代子と呼ぶ」

「ヤンビン、ヤンビン、ヤンビン、私の大切な人……」

歌うように何度も彼の名前を口にした。

「これ以上戦争がひどくならないうちに身請けして、菫ではない紀代子に戻してやりたいと俺は思っている。そして、紀代子が気にしていた奥さんの場所もちゃんと空いているからな」

「でも、それにはたくさんのお金が必要です」

「分かっている。今、手許にそんな金はないが、上海の親父や、ここに俺を連れて来た叔父に頼んでいるところだ」

「中国人ならともかく、敵対している国のそれも遊廓にいる女のために、お父さんも叔父さんもお金を出すはずがありません。気持ちだけで嬉しいです」

「駄目だ、この戦いに日本はきっと負ける。その時ここにいたら、日本人はどんな目に遭うか分からない。その前に紀代子を日本に帰したい」

「奥さんの場所が空いているんじゃなかったんですか？　日本に帰ったらもうヤンビンには会えない」

「もちろん、空いているさ。平和になったら俺は必ず紀代子を日本まで迎えに行く。紀代子の生まれた土地、臼杵とかいう所で待っていて欲しい。ウォチーウスキ（私は臼杵に行く）」

「夢のような話ですね」

「夢は望みを持って待ち続ければ叶えられるものだ。これまで俺はそうして生きてきた。これからは、今までのように頻繁にはここに来られないかもしれないが、俺を信じて待っていてくれ」

握っていた手を離して、しげしげと自分の目の前に私の手をかざして言った。

「紀代子は体も華奢だが、指も細いなあ。俺の指と比べるとこんなに違う」

合わせあった手の平をまた、お互いがしっかりと握り締めた。

「そうだ！　今日は紀代子に辞書を持って来たんだ。この前来た時、机の上にロシア語の辞書が載っていたのを見た。中国語の辞書はまだ持っていないんだろう」

「はい」

「あの辞書のように新しくはないが、俺が東京に留学していた時ずっと使っていたものだから、紀代子の側に置いておきたい」

傍らに置いていた黒い鞄から、薄茶色の古ぼけた表紙の小振りの辞書を二冊取り出した。

「ずっと使っていた大事な辞書を、私なんかがいただいてもいいんですか」

「俺にはもうほとんど必要ない。紀代子の役に立つなら嬉しいよ。この二冊は一緒に買い求めたんだが、和中辞典の方を渡しておく。辞書を見る度に俺のことを思い出してくれ。中和辞典は俺が持っているから」

「ありがとうございます、大切にします。でも、辞書を見てあなたのことを思い出したりはしません。思い出すっていうのは、忘れている時間があるということですよね。私はヤンビンを一時《いっとき》たりとも忘れませんから、思い出すはずがないんです」

「『忘れないから、思い出すこともない』か……。確かにそうだな。その言葉でますます俺は紀代子が好きになったよ」

しっかりと胸に抱き寄せられた。このかけがえのない時間が永遠に続けばいいと思いつつ、幸せな気持ちで目を閉じた。

下働きの時ずっと欲しいと思っていたロシア語と中国語の辞書が二冊、手許に揃ったのだ。

ヤンビンに想いを馳せながら、辞書をめくるひとときを想像するだけで、心がほんわりと温かくなった。たとえ毎日、意に染まぬ客に体を預けていても、心までは誰も自由に出来ない。ヤンビンを想っていれば、心だけは豊かでいることが出来る。

いつもいつも貸し切りの三時間はあっという間に過ぎてしまう。後は彼の訪れを、ただひたすら待っているしか仕方がない身の上の自分を、初めて惨めだと思った。

自ら客に惚れるなと忠告してくれた百合花ねえさんの言葉の意味が、今、ひしひしと胸に響いた。

三

昭和十六年十二月、ハワイにある米国の重要な基地、真珠湾を奇襲して、日本は米国相手に開戦の火蓋を切ったというニュースが、ハルビンにも伝えられてきた。日本が勝ったという強さだけが報じられて、ここでは、まだそれほどの緊迫感は感じられなかった。

小学生の時、教室で見た地図に載っていた、あの大きな国を相手に日本は本当に戦争に踏み切ったのだろうか。大変なことが始まったようで何か恐ろしい気がした。

かあさんや男衆たちの話をそれとなく聞いていた。

「朝鮮、満州を植民地化しただけで充分じゃないか。東南アジアの方まで手を伸ばし始めるなんて、大丈夫なのかと思っていたんだけど、今度は米国が相手だっていうから、日本は怖いものなしなのかねえ」

「大きな声では言えないんですがね、どうやら米国が指図して、オランダや英国からの輸出入が打ち切られて、日本は国際的に孤立し始めているって話ですよ。だから、憎い大本の国をやっつけたんですよ。日本の底力を見せ付けようってことでさあ。大和魂で行け行けどんどんだ」

「男はこれだからねえ」

真珠湾奇襲で、どれだけの人が亡くなったことだろう。日本が勝ったのなら日本の戦死者は皆無だったのだろうか。そんなことはあるはずがない。そして、奇襲を受けた米国では、それよりもっと多くの死者がいるはずだ。

日本人であれ米国人であれ人の命の重さは同じなのに、戦争は人命を軽くするために存在しているのだと思うと、何かいたたまれなかった。

セルゲイさんはレニングラードから戻って来て、しばらくは私の元へ顔を出していたが、戦局が逼迫してきたため他の国へ行ってしまった。

かあさんの話では、どうやらフランスらしかったけど、私には欧州《おうしゅう》としか教えてくれなかった。愛玩物風情に詳しく伝える必要もないと思ったのだろう。

「白系ロシア人だから、亡命先をあまり定かには言いたくなかったんだろう。上客が一人減ってしまったよ。菫のこともとても気に入っていたのにねえ」

かあさんが残念そうに呟いていた。

レニングラードのお土産に貰ったマトリョーシカと、ロシア語の辞書だけが手許に残った。

マトリョーシカは木製の人形で、胴体の部分を上下に分けることが出来、中には外側のより少し小さい同じ人形が入っている。それを何回も繰り返して人形の中からまた人形が出てくる入れ子式になっており、最後には本当に小さい愛らしい人形が顔を覗かせる仕組みになっていた。スカーフを被った、睫毛の長いぱっちりした目元と赤い頰っぺたが描かれていて、セルゲイさんは、ロシアの代表的な人形なのだと教えてくれた。

「スパシーバ（ありがとう）、ハラショー（素晴らしい）」

感嘆の声を上げて受け取ったのを思い出す。

外地に来てからは、人形などとは無縁の生活をずっと過ごしてきたから本当に嬉しかった。

木彫りのせいか、日本のこけし人形のような趣が感じられた。

世間のことなど何も知らず、人形遊びに夢中になっていた臼杵での幼い日々が、懐かしく思い出された。

どんな仕事なのかいまだに定かには分からないのだが、仕事のためヤンビンはハルビンを離れることが多くなり、会える機会はめっきり減った。

千歳屋の客として、田村中尉を初め軍人が頻繁に訪れるようになってきたので、ヤンビンが来ない方が安心だと思い、会えない寂しさにひたすら堪えた。

「菫も此の頃やっと色気がついてきたな。体もいくらか丸みを帯びてすっかり女らしくなった。まるで恋をしているように、最近、やけに艶っぽくなってきた」

一年余りを遊廓の女として過ごしてきた私には、田村中尉の軽口にもすぐに反応出来るだけの度胸が、もう身に付いてきていた。

「ええ、そうですとも、中尉に恋をしているのがお分かりにならないんですか」

「そいつは嬉しいね。しょせん、遊廓の女の言葉と分かっていても、少女の面影を残している菫に言われると、何だか真実らしく聞こえてくる。俺も菫に首ったけだ」

話しているのももどかしいように、しごきを解かれ体の中に入ってきた。

(ヤンビン、ヤンビン、あなたは今、どこにいるの)

体は田村中尉に預けてはいるが、頭の中は彼のことで一杯だった。自分の中から体だけを切り離して客に任せる、そんなすべも、もう私は会得していた。

「もうすぐ菫とも会えなくなる。俺の部隊には内地への帰還命令が出た。いったん内地へ帰って、その後は多分、南方に行くことになるんだろう。日本とソ連との間には日ソ不可侵条約が結ばれているから、ここを守るより今は南方に戦力を集中させたいんだろう。だが、あのソ連が本当に信用出来るのか俺には疑問なんだ。ここはソ連国境にも近い」

セルゲイさんのことを思い出しながら言った。

「そう言えばロシア人の多くは、ハルビンからいなくなりました」

「山の手の馬家溝、南崗に住んでいる満鉄の役員や、関東軍の幹部連中の家族たちも皆、日本に帰った。本当は女子供はハルビンなんかにいない方がいいんだが、菫にそれを望むのは無理というもんだな。出来ることなら、菫も今すぐ内地に帰してやりたいよ」

ヤンビンも同じことを言った。

「軍人さんなんだから日本がどんな状況に置かれているか、私たちよりももっとよく知っているんですよね」

体を離して、中尉の目をひたと見据えて聞いた。

「菫と会えなくなると思って、ちょっと喋り過ぎたようだ。大体の男が菫のその眼に魅入られるんだろうな。長い睫毛の下の大きな瞳に、思いを込めてじっと見詰められたら男は弱い。しかし、俺はしょせん下級士官だ。軍のお偉いさん方ならともかく、下っ端には詳しいことは何も分からない。軍人は与えられた命令にただ従うだけだ」

また体を引き寄せられ、誤魔化されたという感じはしたが、たとえ分かっていても遊廓の女などに何かを告げるはずがない。だが、ハルビンから軍人さんたちが少なくなってきたのは薄々感じていた。

この地にいるなと言われても、一体どこへ行けばいいのだろう。もちろん、私は勝手に動くことなど出来ない身なのだが、やはり戦局は逼迫してきていて、日本人に不利な状況になってきているのだろうか。でも、かあさんは、何があっても日本の関東軍が自分たちを守ってくれると固く信じている。

羅南だってソ連国境に近い。朝鮮の方はどうなっているのだろうかと、羅南にいる家族のことが心配になってきたが、私にはどうすることも出来ない。

戦争が激しさを増してきてからは、威勢のいい軍艦マーチと共に内地からの大本営発表がラジオから流れると、皆はラジオの前に集まって膝を正して聞き入るようになった。

昭和十七年六月、ミッドウェー海戦が報じられた。日本からは空母の赤城、加賀、蒼龍、飛龍が出撃し、米軍の空母であるホーネット、エンタープライズを撃沈した。敵の飛行機も百二十機撃墜した。日本の方は空母一隻、重巡洋艦一隻が沈没したが、大破した空母は一隻で、未帰還機は三十五機だったので、日本の損失は僅かだったと伝えられた。

「凄いぞ、日本は勝ち続けている」

男衆たちは躍り上がって喜んでいた。

でも、私は素直には日本の勝利を喜べなかった。空母にも巡洋艦にも飛行機にも、どれだけたくさんの人が乗っていたことだろう。両国の間で、一体何人の人々が海に投げ出され、海中深く沈んでこの世から消えてしまったのだろう。そして、その家族たちはどんな思いでそれを受け止めることになるのだろうと思うと、涙ぐみそうになって慌てて自分の部屋へ駆け込んだ。

少年航空隊に入った順一が一番気掛かりだったが、整備士になっているはずだから、きっと地上で船や飛行機を見送っている立場なのだろうと、無理に思い込もうとした。

敵の家族のことまで考えているなどと他の人が知ったら、非国民と言われるに決まっている。どうして戦争なんかするのか私には分からない。

ヤンビンは、自分たちの国を中国人の手に取り戻すために戦うのだと言った。戦争の始まりは全て、資源と領土の奪い合いから始まると教えてくれた。世界が平和でいることなんて、しょせん、不可能なんだろう。

日本が世界を相手に、自ら戦争の渦に巻き込まれていったようでとても不安だった。

小さな島国の日本が、地図で見たあんなに大きい国に勝てるとはとても思えない。田村中尉にしろ戦いの中に身を置いている男たちは、口に出してはっきりとは言わないが、日本の危うさを仄めかしていた。

今、ヤンビンは兵士として戦場にいる訳ではないが、私はただ無事を祈って待っているしかないのだ。誰も私から小さな幸せを奪わないで欲しいと痛切に願った。

世の中がどんな風に移り変わろうとも、草花だけは変わらず季節の訪れを告げてくれる。ハルビンの街中に漂っていた芳しいリラの香りも失せて、街路樹の淡い緑色だけが目に付くようになった頃、一ヶ月振りにヤンビンがやって来た。肩幅は変わらないが一回り細くなったようで、頬骨が浮き立ち精悍《せいかん》な顔つきになっていた。

「会いたかった」

その一言をどんなに待ち侘びていたことだろう。込み上げる涙を抑えて、抱き締められた胸に縋《すが》り付いた。すぐには何も言葉が出なかった。

「何だか痩せたみたい。体の方は大丈夫なんですか」

「食事を満足に摂る暇もなかった位忙しかったからな。だが、健康だ。紀代子を抱いたらもっと元気が出てくるさ」

「私はあなたのために何もしてあげられないのね。ただ待っているだけ」

「待っていてくれる人がいると思うから、何事も頑張れるんだ。今日は贈り物を持って来た。さあ、座って……」

自分も座布団に座って、私の手を取った。

「この前来た時、しっかり紀代子の指と自分のとを比べて、大きさを見て行ったから大丈夫だと思うんだが」

いつも抱えている黒い鞄からビロードの赤い小箱と青い小箱と、二つ取り出して蓋を開けた。

赤い箱には銀色に光った小さな指輪が入っていて、左の薬指に嵌《は》めてくれた。

「誰も立会人はいないけど、このプラチナの指輪は俺と紀代子との結婚指輪だ。裏にY＆Kと彫ってある。こっちの方は紀代子が俺の指に嵌めてくれ。二つプラチナにするにはちょっと金が足りなかったから、俺のは銀だが、やはりY＆Kと彫ってある。同じ指輪だ」

青い方の箱からやや大きめの指輪を取り出して、手渡された。

「結婚指輪……。まるで夢を見ているようです」

電灯の下で銀色に鈍く輝いている指輪をしげしげと見詰め、彼の左薬指にも同じ物を嵌めてあげた。

「金にしようかとも思ったんだが、あんまり光り輝いて目に付くとまずいかなと思ったんだ。それに、今はプラチナの方が価値がある。多少の変動はあるが、金とプラチナの価値は、時代が変わっても国が変わっても不変だ。本当に金に困った時には、いつでも、どこでも売ることが出来るしな」

「売るなんてそんな、大切にします。でも、このY＆Kってどういう意味ですか」

「そうか、紀代子は英語を習ったことがないんだな。これはヤンビンと紀代子を英語で書いた時のイニシャル、つまり、頭文字だ。YはYANBIN、そしてKはKIYOKO、会えない時でも、これを見ていつも思い出して欲しい」

「ありがとう、ヤンビン。結婚指輪ってことはあなたの奥さんになったってことなのね」

「そうさ、本当は今日、身請けの金も何とか用意したいと思ったんだが、間に合わなかった。もう少し待っていてくれ」

彼の口から何回か身請けの話は出ていたが、私には絵空事《えそらごと》と思え、本当に実行してくれるなんて期待はしていなかった。何かを期待するような気持ちは、菫になった時に捨て去ったはずだった。

「無理をしないで下さい。あなたに会うことが出来さえすれば、それでいいんです」

「戦争がこれ以上ひどくならないうちに、どうしても紀代子を日本に帰したい」

「私が海の向こうに行って、会えなくなってもいいんですね」

「当分、俺はハルビンを離れなければならない。だから、紀代子がここにいてもどうせ会いに来られないんだ」

思わず取り乱して、胡坐《あぐら》をかいている彼の膝に顔を埋めた。

「いや、どこへも行ってはいや」

「俺は紀代子を愛している。だが、それと同じ位に自分の国も愛している。この国を中国人の手に取り戻す大事な仕事が俺を待っているんだ」

日本語が達者な彼にどんな任務が与えられているのか、おぼろげながら推測した。涙に濡れた顔を上げて、切れ長の目をじっと見詰めた。

「また、いつ来られるか分からないから、今日は朝まで居続けだ。女将にも了解を得てある」

「お金は大丈夫なんですか」

「金のことなんか心配しないで、もっと素直に嬉しいと喜んでくれよ」

彼が別れに来たような気がして私は素直に喜べなかったが、このひとときを大切にするしか他に道はないのだ。

「今日は時間がたっぷりあるから、紀代子に日本語の先生になってもらおうかな」

「ヤンビンはそんなに日本語が上手なのに、私が一体何を教えるんですか」

「日本語を話せるだけでは日本人にはなり切れない。その背景にある日本文化も知っていなければ駄目だ。それを教えて欲しい」

「私だって十四歳で日本を離れているんです。日本文化とは程遠い生活をしてきました」

「いや、紀代子は小学生までの間に、既にいろんなことを身に付けていると俺は思っている。今日、尋ねたいのは平仮名のことだ。俺たち外国人は『あいうえお』が五十音の基本だと習ったんだが、『いろはにほへと』という言い方もあるらしいじゃないか、日本人なら皆、知っていると聞いた。それを教えて欲しいんだよ。『いろはにほへと』を知らなかったことで、林文和という日本名を否定されそうになったことがあった」

「その位なら知っています。平仮名を一番最初に習う基本は、江戸時代までは『いろはにほへと』だったんです。でも、明治時代から『あいうえお』になったって、小学校でそう習いました」

「『いろはにほへと』も五十音になっているのか、最後まで全部教えてくれないか」

「ええ、『いろはにほへとちりぬるを、わかよたれそつねならむ、うゐのおくやまけふこえて、あさきゆめみしゑひもせす、ん』で、いろは歌と言われていて七五調になっているので覚えやすいんです。これには『あいうえお』と違って、意味もちゃんとあります」

「意味を全部知っているのか」

「先生がきちんと教えてくれました。そうだ、漢字で書けばあなたにも意味が少し分かるかもしれない。何か紙がありますか」

「ずっと昔から中国と日本は漢字で繋がっているのに、戦争をする破目になって残念だよ。俺はこんなに日本の女を愛しているというのに」

鞄から手帳と鉛筆を取り出して手渡してくれた。

まるで小学生に戻ったような気分で、一生懸命思い出しながら一字一字丁寧に手帳に書き記した。勉強したのはもうずっと昔なのに、まだ漢字も忘れてはいなかった。

「色は匂へど散りぬるを
我が世誰ぞ常ならむ
有為の奥山今日越えて
浅き夢見じ酔ひもせず」

「なるほど、漢字で書かれると少し意味の見当がつくな。中国には漢字しかないが、日本人は平仮名と漢字を実にうまく調和させて、独特の文化を作り出している」

意味も考え考え、更に書き足した。

「花は咲いても、いつかは散ってしまう。

この世の中に、ずっと同じ姿で存在し続けるものなんかはない。

形あるものもないものも、愛や憎しみなども、全てを今日乗り越えよう。

この人生も世界も全て形がないのだから、そんなものに夢を抱かず、幸福や希望に酔ったりはしない」

その後、さらに手帳に「色即是空《しきそくぜくう》」の四文字を書いた。

「いろは歌はこの仏教の教えを表していると習いました。ヤンビンなら色即是空の意味は知っているんでしょう」

「大体の意味は分かっているが、紀代子が習ったことも教えてくれないか」

「夢も愛も絶望も憎しみも同じ煩悩《ぼんのう》に過ぎないから、その実体がないことを悟って、それを超越した時に人は仏となれる、自分の周りを慈悲の心で満たすことが出来る、確か、そのように先生は教えてくれました」

「紀代子は凄いな。小学校しか出ていないというのに、そんなによく知っているのか」

「教えてもらったことを、ただ覚えているだけです」

「留学している間も痛切に感じたが、やはり日本は凄い国だ。小学校でこれだけの教育をしているとはな」

「先生が良かったのかもしれません。とても教育熱心で、生徒のことを思ってくれる素晴らしい先生でしたから……。先生の言うことは、いつも一生懸命聞いていました」

家族で外地へ行くと伝えた時、自分のことのように真剣に心配してくれた橋本先生を思い出していた。小学校で決まっている、教えなければならない勉強以上の知識を私たちは与えられていたんだと今にして思う。

「紀代子の記憶力もいいってことだな。だが、いろは歌の意味は、何だか今の俺たちとは違う世界のようだなあ。夢と愛があるから未来に希望を持って生きていけるんだと、俺は思っているんだが」

「私だってあなたと同じです。きっと私たちはまだ若過ぎるんですね。こういう心境になれるのは、もっと歳を取らないと駄目なのじゃないかと思います」

「紀代子を目の前にして煩悩を超越しろと言われても、しょせん無理な話だ。俺は煩悩で一杯だ。とても仏にはなれない。会えない間、これを読んで煩悩に悩まされないようにしよう」

手帳を返そうとして、そこに大きく書かれてあった血液型が目に入った。

「ヤンビンはB型なのね。病院で検査した時、私はA型って言われたわ。日本人には一番多い血液型なんですって」

「そうか、紀代子は典型的な日本人って訳か、紀代子に何かあっても俺は輸血してやることは出来ないんだな」

「何かあって、輸血してもらうようなことが私に起きると思っているんですか。私は体だけは丈夫ですよ」

「いや、病気だけじゃない。こんなご時世だから、どんな不測の事態に巻き込まれるか誰にも分からない。自分の血液型はしっかり把握しておかないとな」

「色即是空」の文字の下に更に中国語で「我去臼杵（私は臼杵に行く）」と書き加えて、大事そうに手帳を鞄に仕舞う彼の手許をじっと見詰めていた。しっかり血液型が記された手帳を見て、彼は命を懸けた大事な任務を負っているのだろうかと不安にかられた。

日本語の通訳みたいな仕事としか教えてくれなかった。それ以上のことを聞いてはいけない気がして、私は何も尋ねてはいない。

まるで今生の別れでもあるように、何度も何度もお互いを求め合った。彼の腕の中で、このまま自分の人生を終わりにしてもよいとさえ思った。

好きな人の腕に抱かれて眠りにつくなどということが、自分に許される日が訪れるなどとは夢にも思わなかった。

もう百合花ねえさんの言葉も富美さんの戒めも遠い話に思えた。

菫の花言葉「小さな幸せ」とはこういうことなのだと思いつつ、彼の腕の中でいつの間にかうとうとと夢の世界に引き込まれていった。

翌朝早く、薄靄《うすもや》の彼方に去って行くヤンビンを、身を切られるような思いで見送った。

「身請けの金はなるべく早く工面する。だから、何としても日本に帰るんだ。俺が迎えに行くまで、臼杵とかいう所できっと待っているんだぞ、いいな、我去臼杵、再見！」

また、再び会いまみえるという「再見」の言葉の重みを嚙み締めつつ、微かに射し始めた朝日の下、銀色に光っている薬指の小さな指輪を自分の指ごとぎゅっと胸に抱き締めた。

新しい命

一

指輪を託して彼が去ってから、三ヶ月を迎えようとしていた。

何となく体がだるく、胸がむかむかして食べ物が喉を通らなかった。ヤンビンに会えないせいだと自分に言い聞かせ、我慢しながら何とか客は取っていた。具合が悪いと、自分からはかあさんに言い出しかねていた。もともと生理が不順な方ではあったが、訪れない月はなかった。それが全く止まっていて心に思い当たるものがあり、はっきりとかあさんに確認されるのが怖かった。

彼が朝まで滞在していたあの日、私は女郎としての役目も放棄して、彼の全てを体の中に残したまま、たくましい腕の中で幸せな思いに浸りつつ眠りについた。

もしかすると、今、彼の血を分けた小さな命が私の胎内で育まれているのかもしれない。

女郎が妊娠したらどうなるか、商品として使いものにならなくなるから、まず堕胎《だたい》を強要される。妊娠していても、六ヶ月位までは客を取らされることもあると聞いた。

運よく月満ちて出産することが出来ても、その子はすぐ里子に出される。そして、男の子なら行方は教えてもらえず、女の子だったらまた遊廓に引き取られるしきたりだと聞いたことがある。自分の子を同じ運命にさせるために生む母親がいるだろうか、だが、もし男なら、未来が決して明るいとは言えないけれど、何とか生きる道を見付ける可能性は残されている。

彼の子を失いたくないと痛切に願った。かあさんに何もかも打ち明けて慈悲の心に縋るしかない。

「あのう、かあさんにお話があるんですけど、時間を作っていただけますか」

「何だい、深刻な顔をして。最近あまり食が進んでいないと聞いたけど、どこか具合が悪いのかい」

「あ、いいえ、ちょっと込み入った話なので」

「じゃ、明日の朝、部屋に行くから」

「はい、よろしくお願いします」

遊廓の女たちは夜遅くまで客の相手をしているから、朝起きるのは陽が高く昇ってからだ。だが、千歳屋の中では、もう下働きの人や男衆たちが早朝から様々な仕事についている。かあさんも早起きだ。私もいつもよりずっと早く起きて、身支度を整えかあさんを待った。

「もう起きているんだろうね。入るよ」

「はい、すみません。朝は忙しいのに時間を割いていただいて」

かあさんにだけ座布団を勧めて、自分は畳に正座したまま手を付いて頭を下げた。

「かあさんに謝らなければなりません」

「そんなに改まって一体どうしたんだい」

「もしかすると私、妊娠したかもしれません。ここ数ヶ月生理がありません」

びっくりした表情で問い詰められた。

「間違いないのかい？　遊廓の女は不特定の男を相手にしているけど、女には大体分かるはずだ。誰の子か心当たりはあるんだろうね。父親は誰だい？」

答えられるはずがない。私は言葉に詰まった。

「もしかすると田村中尉かい？」

かあさんが誤解して出した答えに、思わず微かに頷いてしまった。その後、必死になって懇願した。

「お願いです、生ませて下さい。出産で休んでいる間の借金は、後から一生懸命働いてどんなに長く掛かっても必ずお返しします。お願いします」

「田村中尉の子供じゃねえ、おいそれと堕胎を勧める訳にもいかない。お国のために戦ってくれる軍人さんなんだからさ。中尉はこのことを知っているのかい」

「いいえ、かあさんに言ったのが初めてです。たとえ妊娠していたとしても、もちろん伝えるつもりはありません」

「そうだねえ。どうせ内地にはそれなりの奥様がいらっしゃるんだろうし、遊廓の女が自分の子供を生んだなどと知ったら、迷惑に思うだけだろうからね。それに、噂では近々、田村中尉の部隊は内地へ帰還するらしいよ」

「はい、先日いらっしゃった時、そんな風なことを言っていました」

「おやおや、大した置き土産だねえ」

眉間にしわを寄せて考え込んでいるかあさんの顔を、おそるおそる見上げた。

かあさんの言葉を聞いて、中国人との混血児を身籠ったなどとは決して言えないと悟った。ヤンビンの子と分かったら、必ず堕ろすよう命じられるに違いない。授かったあの人の分身を闇に葬るなど絶対に出来ない。かあさんの勘違いを良いことに、お腹の中の子供は田村中尉の子供として通そうと固く決意した。

「過去に子供を生んだ女郎もいたことはあるけど、自分の手で我が子を育てることは出来ないんだよ。すぐに里子に出される。それでもいいんだね」

「はい、しきたりは知っています」

「じゃ、明日、病院に行ってちゃんと診察してもらって来るんだね。その結果によって、いつから休業にするか考えよう。菫は百合花、蘭華に次いで千歳屋の三本柱になっているのだから、えらい損失だよ」

「申し訳ありません」

かあさんに頭を下げながら、とりあえず水子にしないですんだという嬉しさで胸が一杯になった。先のことはまた考えよう。彼の子供を守るためなら、自分はどんなことだって堪えられる。

　診察の結果、出産予定日は四月初旬と言われた。ハルビンではまだ春の訪れは感じられないが、内地では花々が一斉に咲きほころび、満開の桜が列島を蔽う季節だ。故郷の臼杵公園の桜並木が思い出された。

　内地で彼の子供を出産することが出来たらどんなに良いだろう。だが、しょせん、私は遊廓の女だ。叶えられるはずもない。生むという選択をかあさんが認めてくれただけでも幸いなのだ。

　出来ることなら男の子であって欲しいと祈った。もしも女の子だったら、その子は生まれながらにして自分と同じ運命を辿ることが定められているのだ。それでも、この小さな命を我が身に代えてでも守りたいと痛切に願った。

とうとうハルビンでも、自分の仕事に携っている一般の人たちにも、兵隊として現地召集の声が掛かるようになった。かあさんの話では、中学生や女学生たちまで、いろんな軍事に関わる仕事の手伝いに狩り出されるようになって、勉強どころではなくなってきているらしい。

常に日本が勝っているという大本営発表が、何故か空々しく感じられた。もしかすると、多くの人々が戦死して兵隊が足りなくなってきているのではないだろうか、そうでなければ、内地だけでなく外地にいる一般人まで次々と兵隊に狩り出す訳がない。

若い男衆たちも次々と召集され、華やかなことは一切禁止されて千歳屋を訪れる客も少なくなってきた。

男衆のひそひそ声が漏れ伝わってきた。

「精鋭の関東軍が多数、満州から南方に連れて行かれたから、俺たちはここを守るために俄かに召集されたらしいぞ」

もうヤンビンが来なくなって久しい。彼に子供のことを伝える機会なんかもちろんなかった。

私はまだ休業はしていなかったが、千歳屋も前ほどの賑わいはなくなってきていたので、指名客以外の時は出来るだけ、かあさんは客を他のねえさんたちに振り分けてくれていたようだった。密かに私の体を気遣ってくれているのだ。

悪阻《つわり》もそれほど酷くなかったせいで、妊娠したことはただ一人を除いては誰も気付いてはいないようだった。女郎独特の、前に結んだしごきの帯とふわっと羽織った打ち掛け風の友禅の着物が、腹部を目立たなくしてくれた。

かあさんは富美さんにだけは伝えたかもしれないが、その他の人にもちろん話す訳もない。千歳屋の人たちは、私の体調がちょっと良くない位に思っていたらしい。

たった一人、百合花ねえさんだけは私の体調異変に気付いていたようだ。

「菫は今の環境よりもっと厳しい道を選んだんだね。いずれ、私の後は菫が引き継ぐと思っていたんだけど、どうやら私の思い違いだったようだ。子供との別れは、男との別れより更に辛いものがある。遊廓の女はそれを乗り越えて生きていかなければならない。覚悟は出来ているんだね」

諭すように念を押された。

かあさん以外には誰にも言ってはいないのに、ねえさんは全てを承知して見守っていてくれたのだ。

「ごめんなさい。ねえさんがあんなに忠告してくれたのに、私はその言葉も裏切って馬鹿な女になってしまいました」

「覚悟が出来ているならいいさ。体だけは大事にするんだよ」

去り際の百合花ねえさんの後ろ姿には、以前のような、孤高に凜と立って咲いている白百合のような雰囲気はなかった。生気がなく蜻蛉《かげろう》のような儚《はかな》げな様子を漂わせていた。

自分自身のことで頭が一杯で、百合花ねえさんの様子まで気に留める心の余裕がなかった。ねえさんをあんな風に変えてしまったのは、やはり阿片のせいではないだろうかと気になった。


五ヶ月目に入ったある日、かあさんにそっと帳場に呼ばれた。

「大事な話がある。気を引き締めてしっかり聞くんだよ」

沈鬱《ちんうつ》な面持ちのかあさんを見て、何事だろうと不安になった。

「はい、何でしょうか」

「田村中尉が戦死した。今さっき、他の軍人さんから聞いたところだ」

「………」

何と答えたらいいのか分からなかった。だが、胎内の子供の父親が戦死したと告げられているのだから、自分が泣き喚かなければならない立場にあることだけは確かだった。ヤンビンに会えない間、心の隙間を埋めてくれ、ハルビンを去る間際まで贔屓にしてくれた中尉には、私もそれなりの情を持つようになっていた。だが、咄嗟《とっさ》にヤンビンの死を告げられたのでなくて良かったと思ってしまった。自分の身勝手さが恥ずかしかった。

心の中で詫びつつ、冥福を祈りながら大粒の涙をこぼし身も世もあらぬ風に大げさに泣き伏した。半分は演技でもあった。

遊廓の中でだけだったが、自分を贔屓にしてくれ愛《いと》おしんでくれた人の死を、何の予告もなしにもたらす戦争が憎かった。

かあさんは労るように私の背中をそっと擦り、慰めの言葉をかけてくれた。

「ガダルカナルとかいう南方の島で亡くなったらしい。激戦の地だったそうだから名誉の戦死だね。いい人だったのに……。もう五ヶ月じゃ、今さら堕ろすことなんて出来ないしね」

涙に濡れた顔をきっと上げて、私は言い切った。

「絶対に生みます。もともと初めから父親はいない子供です」

「そうだね、菫は強いよ。忘れ形見になるから田村中尉にそっくりの男の子だといいね」

自分と同じ境遇を過ごさせないためには、男の子であって欲しいと願っていた。だが、中尉とそっくりの子が生まれるはずは絶対にないのだ。

こんなに優しくしてくれるかあさんを騙してまで、自分はヤンビンの子を生もうとしている。中国人と日本人との混血児が、この先どんな運命に翻弄《ほんろう》されることになるのか、私には見当もつかない。しかも、この手で育てることは叶わないというのに、生む選択をしてしまった自分は、何と愚かで利己的な母親なのだろう。

中尉の戦死を告げられているのに、唐突にヤンビンに会いたいと思った。指輪を託されてから、もう五ヶ月以上の時が経っていた。

「そろそろ菫も休業しなければいけないねえ。こんなご時世だから商売もあがったりだし、菫がいなくても何とかやっていけるだろう」

かあさんの計らいで、産み月の六ヶ月前から千歳屋の保養所に行くことになった。自分がいない間にもし彼が千歳屋を訪れたらどうしようと、それだけが気掛かりだった。それとなく、かあさんに聞いてみた。

「もし、私を指名した客が来た時はどうなるんですか」

「その時は他の人に代わってもらうしかないだろう。余程の酔興でなければ、腹ぼての女をあえて抱こうなんて思わないさ」

「私の行方を尋ねられた時はどうするんですか」

「病気だとか何とか言うしかないだろう」

ヤンビンのことだから、私が病気だと知ったら必死になって捜してくれるだろうと、それ以上をかあさんに問うのは止めた。かあさんの頭の中からはとっくに、中国人の客のことなど消えてしまっているに違いない。

プリスタンの区域の中ではあるが、千歳屋からかなり離れた奥まった場所に建てられた、和風作りの小さな平屋の一軒屋が保養所だった。六畳二間と小さな台所、風呂場、便所だけが付いていた。病気になって客の相手が出来ない時、女郎はそこで養生した。当然、働けない間の食いぶちは借金として加算された。

フーザテンに住んでいる六十代位の中国人の女の人が、用事がある時のみ手伝いに通って来ていた。

ヤンビンのことが常に頭の中にはあったが、ハルビンに来て初めて穏やかな日々を過ごした。

一刻の猶予もなく、仕事に追われ続けた下働きの時、女郎として毎夜、客の相手をしていた日々、ついこの前のことなのに何か遠い昔の出来事だったように思えた。

こんな時期に、手紙が無事に羅南に届くかどうかも分からなかったが、母に孫が生まれることを知らせたいと、初めてペンを取る気になった。

「お母ちゃん、元気ですか？　雅子や孝次、養女に行った和子も元気でしょうか？

長い間、何の便りもしなかった親不孝を許して下さい。

下働きの仕事は本当に大変で、自分の時間を持つことなんかぜんぜん出来ませんでした。

でも、今は出産準備のため、休養の時間を持つように女将さんが計らってくれましたので、ゆっくりと手紙を書くことが出来ます。

お母ちゃんに何も知らせなくてごめんなさい。私は四月に出産します。

父親になるはずだった人は戦死しました。まだ結婚をしないうちに、軍人だったのでお国のために戦って南方で亡くなりました。出来たら一人で育てようと思っていますが、もしかすると、里子に出すようなことになるかもしれません。女将さんがいろいろ考えてくれているようです。

一度でいいから、お母ちゃんに赤ちゃんを抱いてもらいたいと思いますが、日本は戦いをしていて、お互いがこんなに遠く離れているのですから、無理な願いですね。

順一も元気にしているのでしょうか？　いつの日か会えると思ってそれだけを楽しみにしています。体だけは大切にして下さい」

母親にさえ嘘で固めた手紙を書いた。あくまでも田村中尉の子であるという風ににおわせた。先のことは分からないが、今はこれが一番良い方法のように思えた。

今の時代に、子供の父親が日本が敵対している国である中国人などとどうして言えよう。出産することにより自分の借金がどの位増えていくのか、もう思い煩うのは止めた。自分はここで生きているんだよとばかりに、母親に胎動を感じさせ始めたお腹の中の子供のことだけを考えよう。私とヤンビンを繋いでいる唯一の絆、これだけは命を懸けても守り切ると我が身に誓った。

夢は思い続けて待てば必ず叶えられると彼は言った。ヤンビンが我が子を腕の中に抱いている夢を、ずっと持ち続けて待っていよう。

年が明け、出産予定日まで後二ヶ月を切った。胎内の子供は順調に育っていた。時折、日本人の産婆さんが訪れて診察してくれた。全部かあさんの計らいだ。嘉助爺やが言っていたように、かあさんは本当に情の厚い人だと分かった。そのかあさんにまで嘘をついて、私は中国の人の子供を生もうとしている。

指輪を託してから後、彼は一度も千歳屋を訪れていないらしい。もうかれこれ八ヶ月は過ぎているだろうか、こんなに長い間会えないのは初めてだ。会いたい、会いたい。勝手に行動するのは許されない身でありながら、人を愛することの切なさをしみじみと感じた。

ハルビンにいないのは分かっていたが、一体どこにいるのだろうか、無事なのだろうかと思いは千々《ちぢ》に乱れた。

二

昭和十八年三月、気温はまだ零下五度以上になることはなかったが、もう少ししたら春が訪れる、その頃には身二つになる。今は生まれてくる赤ん坊のことで頭が一杯で、ヤンビンのことだけを思い煩う機会は減った。

かあさんが古くなった浴衣をたくさん持って来てくれたので、ひたすらおむつ縫いに明け暮れた。産着類も全て用意してくれ、無事に出産するのを待つばかりになった。

そんなある日、客を伴ってかあさんが保養所にやって来た。

「今日は林康夫さんと一緒なんだよ。菫に話があるそうだ」

複雑な表情をしたかあさんの側に、ヤンビンの叔父さん、林さんが立っていた。きっと何か彼の情報を持って来てくれたのだと察した。

「ニンハオ（今日は）、チンジン（どうぞお入り下さい）」

通いの小母さんはいなかったので、座布団を押し入れから出し、中国茶を入れて二人に勧めた。

「チンフウー、チャアバ（お茶をどうぞ）」

「シェシェ（ありがとう）」

林さんはにっこり笑って受け取った。

「肝心なことだけは分かったんだけどね、菫がいなきゃ後の話がさっぱり通じなくってさ」

かあさんがおもむろに見せてくれた紙きれには、菫を身請けしたいという主旨の文字が日本語ではっきりと書いてあった。

「私の身請けですか」

驚いて林さんを見詰めた途端、かあさんを差し置いて、私に向かって一気に中国語で喋り始めた。

「女将さんでは話が通じない。ヤンビンは来ることが出来ないから頼まれた。多分、この戦いに日本は負ける。その時の菫の身の上が心配だから、何とか身請けして日本に帰してやってくれと……」

かあさんの前にもかかわらず、思わず身を乗り出して必死に尋ねた。

「あの人は無事なんですね。今はどこにいるんですか」

「どこにいるか、私もはっきりとは分からない。使いの者は金と、これを菫に見せてくれと言って去った」

渡された小さな走り書きのメモを見て、不覚にも涙がこぼれそうになった。

「色即是空。我去臼杵」

二人だけに通じる言葉だった。

いろは歌の色即是空の意味を確かめ合った後、臼杵で待っていろとヤンビンは言った。「我去臼杵」は、中国語で私は臼杵に行くという意味だとあの時教えてくれた。手紙をきちんと書く暇も持てないほど切迫した状況にあったのだろう。そんな中にあっても私のことを気にしていてくれた、この言葉だけでもう充分だった。

「甥ごさんに頼まれたらしいけど、自分の子供でもない妊娠した女郎を身請けする馬鹿はいないからね。初め菫は病気だと言ったんだけど、どうしても会わせてくれと言うので連れて来たんだよ。一目見れば、状況を納得すると思ったからさ」

ずっと田村中尉の子供だと言い張ってきたので、彼の叔父さんを前にして、真実を告げた方がいいのか、どうすればいいのか何も考えが及ばなかった。

「妊娠しているとは知らなかった。もちろん、ヤンビンの子供なんだな」

かあさんは中国語が分からないのをいいことに、叔父さんに向かって私は微かに頷いた。自分から、子供の父親の名前をはっきりと言ったことは一度もない。相手が述べたことをただ否定しなかっただけだ。

ここで身請けされれば、お腹の中の子供は里子に出されることもない。私は子供と二人、臼杵で彼が来るのを待っていられるのだと咄嗟に判断した。

「再見！」と彼が残した最後の言葉が、重みとなって再び蘇ってきた。

叔父さんとのやり取りを気遣わしげに眺めていたかあさんをしっかり見詰めて、私ははっきりと宣言した。

「ヤンビンの子供かと問われたので頷きました。かあさん、今日からお腹の中の子供の父親は、田村中尉ではなくて林文和、ヤンビンです」

一瞬、驚いた表情をしたが、すぐに理解を示してくれた。

「林文和さんの中国名はヤンビンというのかい。確かに彼の子供なら身請けの筋が立つ。田村中尉は戦死してしまったんだから、今は、そのヤンビンの子供とした方が菫のためでもあるしね」

もともとは彼の子供なのだ。

かあさんが、身請けのために必要な書類を千歳屋に取りに出掛けた後、叔父さんはいろいろと話してくれた。

「菫の身請けに支払わなければならない金のために、ずっと前からヤンビンは金策に走り回っていた。しかし、上海の兄が、自分の息子は日本の女にたぶらかされているのだと言って、身請けに頑として反対していたんだ」

「遊廓にいる日本の女を相手にしていると知れば、お父様にすれば当然のことですよね」

「ヤンビンは自分の命に代えても菫を守りたいと言っていた」

彼への想いが胸一杯にあふれ、言葉もなく涙が頬を伝った。

「身請けの金を調達したのと引き換えに、何か秘密の重要な任務を引き受けたらしい。今は家族にさえ定かな居所を知らされていないのだ。子供のことは知っているのか」

涙を一杯溜めた目で叔父さんを見詰め、私は頭を振った。

「もう八ヶ月、ヤンビンには会っていませんから伝えることが出来ないのです」

「そうか、知ったらどんなに喜ぶことだろう。とにかく、出産前に身請けの金が間に合って良かった。私の家で出産すればいい」

「上海のお父さんが反対しているのにですか」

「頑固な兄だが私も何とか説得した。遊廓なんかにいる日本人だが、菫がどんなに頭が良くて純粋な女の子か、決して男をたぶらかすような女ではないことはよく知っていると言ってな」

「ありがとうございます。身に過ぎたお言葉です」

「身請けしたらすぐ日本に帰してやってくれと頼まれていたが、その体じゃ、ハルビンで出産した方がいいだろう。噂では日本も相当過酷な状況になっているようだからな。ヤンビンの子を妊娠していると分かっていたら、私も協力してもっと早く手を打ったんだが、遅くなってしまってすまない」

左手を出して、最後に別れた時にもらった指輪を見せた。

「ヤンビンにもらいました。手に取って見て下さい」

外して叔父さんの手の平に載せた。

「Y&Kとあるが」

「私の本名は岡島紀代子です」

「そうか、YANBINとKIYOKOの頭文字なんだな。結婚指輪まで用意していたのか。本当に菫のことを愛しているんだな。もともと、ヤンビンを菫に引き合わせたのは私だから、叔父としての責任もある」

叔父さんと話している間に、今まで私に払った借用書の証文を持ってかあさんが戻って来た。

本当は、身請けが完了した時点から千歳屋とはもう縁がなくなるのだが、三人で話し合った結果、私の体調を考えて初めの予定通りに出産はこのまま、この保養所ですることに決まった。出産してから後、赤ん坊と一緒に叔父さんの家へ引っ越すことに段取りが決まった。

「ヤンビンには日本へ帰してやってくれと頼まれていたんだが、生まれたての赤ん坊を連れてでは却って心配だ。私の家で落ち着いてから、身の振り方を考えた方が良い。ヤンビンがハルビンに戻って来ることもあるかもしれないしな」

叔父さんの言葉をかあさんに伝えた。

「林さんの言う通りだよ。今は戦局がどうなるのか皆目分からないからね。その子はあくまでヤンビンの子で通すんだよ。敵国の軍人の子供だなんて判明したら、何をされるか分からないからね」

実情を知らないかあさんは、老婆心を出してしつこい位注意してくれた。

「何から何まで、ありがとうございます」

心はもう決まっていた。叔父さんの家でお世話になり、ヤンビンが来るのを待つ。それしか選択肢はないように思えた。

三

四月の声を聞くとさすがにもう氷点下になることはなく、空気はまだひんやりと冷たかったが、そこはかとなく春の気配が感じられるようになってきた。

松花江を覆っていた氷もすっかり溶けて、遊覧船の解禁も間近だと言われていた初旬、二十歳で私は女の子を出産した。あまり陣痛に苦しむこともなく短時間で出産し、赤ん坊はすぐに元気な産声をあげたので、助産婦さんが驚いていた。

「若いってのはいいねえ。陣痛もどんどん進んで、びっくりする位の安産だったよ。私の手を煩わすことなんてほとんどなかったからねえ」

女の子にしては、眉毛の濃い切れ長の目元がヤンビンにそっくりだった。

傍らに眠っている赤ん坊が本当に愛おしく、柔らかい頬を何度もそっと撫でた。里子に出される心配もなく、自分の手許で育てられるのがどんなに幸せか、言葉ではとても言い尽くせない。

知らせを受けてすぐに駆け付けてくれたかあさんは、赤ん坊を一目見るなり訝しそうに問い掛けてきた。

「色白なのは紀代子と同じだけど、この切れ長の目元は紀代子似でもなく、田村中尉でもない。もしかすると、父親はやはり中国人のヤンビンだったのかい」

またもや、私は黙って頷いた。

「紀代子もしたたかになったもんだ。今の今まで、この私を欺いていたとはね。てっきり田村中尉の忘れ形見だとばかり思っていたよ」

「すみません、かあさん。でも、この子を生かすためにはこうするより他はないと思ったんです」

「まあ、結果的には落ち着くところに落ち着いた訳だから、結果良ければ全て良しだ。私も証文通りのお金をきちんと林さんから受け取ったしね。名前はもう考えたのかい」

「満州で生まれたので、頭に満を付けて満津子《みつこ》にしようと思います。津は港の意味があります。私が初めて大陸に足を踏み入れた朝鮮の港は清津でした。その津を付けました」

「満津子か、いい名じゃないか。とにかくおめでとう。私にも本当は男の子がいたんだよ。赤ん坊の時に別れたきりだけどね。もう二十四、五歳位にはなるかねえ。今頃は何処かの戦地に行かされているかもしれない」

「どうして息子さんと別れたんですか」

今まで、かあさんの身の上話など聞いたことは一度もなかった。

「新橋で芸者をしていた時、旦那さんとの間に生まれた子なんだけど、本宅に男の子がいなかったから連れて行かれてしまった。子供にとってはその方が幸せだと思ったから、諦めるしか仕方がなかった。つくづく芸者をやっているのも日本にいるのも嫌になって、手切れ金をたっぷり貰ってこのハルビンにやって来たのさ。外地に来てしまえば、いくら子供に会いたいと思っても会えないからね。芸者だった私がやれる商売といったら、遊廓位しか思い付かなかったけど、丁度、この街に合ってたんだねえ、繁盛して店舗も増やしたりしたから、仕事に忙しくて内地のことなど思い出す暇もなかった」

「かあさんも辛い思いを経験しているんですね」

「こういう稼業の女は、皆、辛い思いをしているんだよ。だから、紀代子だけでも幸せになってくれたら私は嬉しいんだよ」

眠っている赤ん坊の頬をちょっと突ついて、かあさんは立ち上がった。

「私はここで骨を埋めようと思ってやって来たのに、もしかすると、店を畳むようなことになるかもしれない。日本はもう駄目かもしれないらしいよ。先のことは皆目、見当が付かないのさ」

日本が戦争に負けたら、中国や朝鮮にいるたくさんの日本人はどうなるのだろうか。ヤンビンが日本に帰れとあれほど言っていたのに、私はまだハルビンに留まっている。彼にこの子を抱いて欲しいという一念が、この地を去り難くしているのだ。

かあさんが、帰り際《ぎわ》に何気なく耳に入れるという風に言った。

「百合花は日本に帰した。このままここにいたらあの娘《こ》はもう二度と立ち直れなくなる。菫もうすうす気付いていたかと思うけど、ハルビンじゃ阿片は幾らでも手に入るからね。今までたくさん稼いでくれたから、うちの借金はもうほとんど残ってなかったんだよ」

私に口を挟む間も与えず、かあさんはそそくさと部屋を出て行った。

百合花ねえさんにとっては、そうするのが一番良策だったのだろう。やはり、かあさんは情に厚い人なのだ。

叔父さんがやって来て、かあさんと同じように赤ん坊の頰をちょんと突ついて、名前を聞いてきた。

「チェン、クーアイ（本当に可愛い）。ニン、ミンズ（名前は）？」

「ミツコ」

「ミツコ、タイハオラ（いいね）」

引っ越して来る時は、着物姿では目立つからこれに着替えた方がいいと、風呂敷包みの中から青い中国服を取り出して見せてくれた。短い上着と足首の方が細くなったズボンと共に、赤い刺繡の縫いとりのある黒い布製の靴まで用意されていた。

七日経ったら迎えに来ると言って、いろんな食べ物も置いて帰って行った。

相変わらずヤンビンからの情報は何もないらしいが、帰り際にそっと耳打ちしてくれた。

「私が知っていることだけを紀代子に教えておこう。今までヤンビンは、蔣介石率いる国民党の諜報部員として働いていたのだが、能力を買われて、毛沢東が率いる共産党の八路軍の方からも協力して欲しいと声が掛かったそうだ。今は内戦をしている時ではないと、国民党も共産党も共に手を繫いで日本を相手に戦っている。だから、多大な報酬を得ることを条件に、ヤンビンは八路軍にも手を貸すことを承知したんだ。だが、後々は、どちらがこの国を治めるかで、おそらく二つの党は戦うことになるだろう。その時、あれの立場がどうなるか、私は実は心配しているのだよ」

「私を身請けするために、お金が必要だったんですね」

「まあ、そうだが……」

言葉を濁した後、ヤンビンに関する情報は誰にも言ってはいけないと固く口止めされた。私のために彼が危ない話を引き受けたと知って、いたたまれなかった。ただ無事を祈るしか何も出来ない自分が情けなかった。せめて、満津子の存在を知らせたいと痛切に願った。


以前に書いた手紙が羅南に着かなかったのか、母からは何の返事も来なかったが、満津子が生まれたことだけは知らせたいと思った。この手紙も、果たして朝鮮まで届くのかどうか何の保証もなかったけれど、引っ越して環境が変わったら、また手紙など書く暇は持てないかもしれないと思い、ペンを取った。

「お母ちゃん、前に書いた手紙は受け取っていないのでしょうか？

私は無事に女の子を生みました。満州で生まれたので、満津子と名付けました。

千歳屋のかあさんや他のいろいろな人たちのお陰で、赤ん坊は里子にやらずに自分の手で育てられることになりました。本当に嬉しく、周りの人たちの思い遣りにとても感謝しています。

いつまで戦争が続くのか分かりませんが、平和になったら、臼杵でお母ちゃんに満津子を会わせることが出来ると思っています。

どうか、くれぐれも体だけは大事にして下さい。皆によろしくお伝え下さい」

ひと時《とき》の家族

一

叔父さんが人力車で迎えに来たので、満津子を抱いて共に保養所を出た。

叔父さんの家はフーザテンの大通りから外れた裏通りにある、張苞舗胡同《チャンバオプーフートン》という所にあった。おそらく日本人は誰も足を踏み入れたことがない地域だ。

プリスタンほどではないが、フーザテンでも大通りにはビルが建ち並び始め、中国という雰囲気はだんだん薄れてきていた。だが、一歩入った路地裏は中国特有の昔からの風景が連なっていた。

初めて見る道路も建物も興味深く、しげしげと辺りを見回している私に、叔父さんは説明してくれた。

「胡同《フートン》というのは、元朝の時代からずっと引き継がれてきた路地裏の呼び名だよ」

細い路地には灰色の高いレンガの壁が果てしなくえんえんと続き、出入口なのだろうか、やはり灰色の古ぼけた瓦が載った石造りの門が所々にあった。路地を蔽うように葉っぱの生い茂った大木が並木のように続いていた。

「この大きな木は槐《えんじゅ》と言って、中国では縁起の良い木なんだよ。夏の初めに黄緑色の小さな花が枝からぶら下がるように咲いてそこら中に良い香りを漂わす。槐の花が咲く頃には紀代子もすっかり胡同の生活に馴染んでいるだろう」

促されて目の前の門をくぐると、一面に広い中庭が現れた。庭の真ん中に一本、路地にあったのとは異なるが、やはり葉っぱの生い茂った大木が立っており、四方は木造の古い建物に取り囲まれていた。

叔父さんは、私の腕の中で眠っている満津子をそっと覗き込んだ。

何軒かの扉の前には小さな植木鉢が置かれていて、かがんで水やりをしている老婆がいた。立ち上がった足元は、子供が履《は》くような小さな布製の中国の靴で被われていた。下働きをしている時、よく買物に訪れたフーザテンで見かけたことがある纏足だった。

大陸性気候の乾燥地で、氷点下が続くハルビンの冬を乗り切るためには、相当入念に植木の手入れをしなければならない。今は、戸外に出されている多くの植木鉢からは、競うように緑の葉っぱが瑞々《みずみず》しく生い茂っているのが目に付いた。

帚や塵取りが雑然と放り出されている目の前を、白い猫が一匹横切って行き、小さな男の子が門の方へ小走りに駆け去って行った。

小鳥のさえずりのような、早くてかん高い発音の中国語が家々から漏れ聞こえて来た。

中庭をぐるりと取り囲んだ家の中で、比較的大きい小奇麗《ぎれい》な家へ案内された。

「ここが私の家だ。今、家族に紹介するから」

叔父さんが呼ぶまでもなく、奥からぞろぞろと女子供たちが出て来たが、離れた所で、物珍しそうにしげしげと見詰められているだけだ。勇気を出して精一杯の笑顔を作り、自分から挨拶した。

「ニーハオ（今日は）、チューツゥ、ジェンミィエン（初めまして）、ウォジャオ、キヨコ（紀代子です）、ハイチン、トゥオトゥオ、グアンジャオ（よろしくお願いします）」

中国語が出来ると知って、急にうち解けた和やかな雰囲気が辺りに漂い、皆が側に寄って来た。

前もって話がされていたのだろう。これがヤンビンの子供かと問われ、入れ替わり立ち替わり腕の中の満津子は覗かれた。赤ん坊は環境の変化にも気付かずに、おとなしくすやすやと眠り続けている。

若い男は皆、日本との戦争に狩り出されているのか、紹介されたのは叔父さんの娘たちや息子の嫁、孫たちだった。肝心の奥さんがいないので聞いてみると、昨年、病気で亡くなったと言われた。

胡同に面している中国独特の建物様式は、中庭を挟んで四方を家々が取り囲んでいた。それぞれに個別の風呂、便所、台所はなくて、便所と台所は共同で使用するようになっていた。叔父さんの家は比較的裕福だったらしく、台所は特別に自分たち専用のを後から作り、シャワーも使えるようにこれも作り足したと聞かされた。風呂に入りたい時は、少し離れた場所にある銭湯まで行くらしかった。

幾つかある部屋のドアはほとんど開け放たれていて、大部屋に雑居家族がたむろして住んでいるような雰囲気があった。いつも誰かの目が注がれているこの騒々しい空間で子育てをしなければならないのだ。

保養所で過ごした束の間の、落ち着いた静かな日々を懐かしく思った。

笑顔を浮かべてはいたが、満津子をしっかりと抱き締めて、不安そうにしている私の様子が叔父さんに伝わったのだろう。労るように言ってくれた。

「家は華僑の家柄だ。先祖の代からの貿易商を上海の兄が引き継いでいるのだが、このハルビンに支店を出して、私が任されるようになった。ま、こんなご時世だから商売は厳しくなってきているが、家族が食べる位は何とかなるから、紀代子は何も心配しないで満津子の面倒だけを見ていれば良い」

彼は一家の長としての威厳を込めて、家族の皆に言い渡してくれた。

「紀代子と満津子は新しい家族だから、仲良くするんだぞ」

日本人が全く住んでいないこの場所で、中国語のみを使って生きていかねばならないのだと覚悟を決めた。

張苞舗胡同に住んでいる叔父さんの家族は、私と満津子を除いて全部で八人、林康男と名乗っていた叔父さんの中国名は、李国豪《リグオハオ》だと初めて知った。

同居している成人男性は叔父さんだけだった。後は長男の嫁、静芳《ジンファン》と、まだ結婚していない次女の美麗《ミーリー》、三女の鈴麗《リンリー》と、残りの四人は十二歳、十歳、六歳、三歳の孫、つまり長男夫婦の子供たちだった。長女は結婚して上海に住んでいると聞いた。女系家族に、また私たち親子が加わったので、叔父さんはまるで女の園に君臨しているような雰囲気だった。

娘二人は、フーザテンの大通りにある叔父さんの会社で仕事を手伝っているようで、いつも朝早く三人一緒に家を出ていた。その後、三人の孫たちが学校へ出掛けると、嫁の静芳、三歳の美鈴《メイリン》、満津子と私の四人が家に残された。

何もしていないのでは肩身が狭いので、とりあえず彼女が取り仕切っている家事を率先して手伝うようにした。

下働きの時、千代にしぼられて仕込まれたことが役に立った。だが、下働きの間に身に付けた仕事はほとんど洗濯、掃除だったので、料理に関しては全く自信がなかった。

千歳屋では賄い方は別にいたので、台所で下働きが料理を作ることはほとんどなかった。出来上がった膳をただ運んでいただけだ。女郎になってからは、それを食していただけだったから、食べ物の煮炊きをした経験は皆無だった。

保養所にいた時、通いの小母さんに教わりながら少しは作れるようになったが、人様に食べてもらえるほどの物か、自分でもよく分からなかった。母親の下で普通の家庭に育っていたなら、きっといろいろな料理を教えてもらっていただろう。子供のためにも、これからは料理を学ばなければいけない。静芳に中国の家庭料理の作り方をいろいろと教えてもらおうと決心した。

ヤンビンが体を張って自由の身にしてくれたのだから、千歳屋での生活はすっぱりと忘れて、子供に恥じない母親にならなければならない。そして、彼が私たちの元に帰ってくるのを待つのが、今の自分に定められた宿命なのだ。

(お願いです。私と満津子の元に無事に帰って来て下さい)

世界のどんな国々でも、戦争に夫、息子を送り出している家族は、皆同じ願いを抱き続けていることだろう。

静芳は寡黙な人だったが心根は優しかった。美鈴の小さくなった衣服などを、わざわざ押し入れから探し出して渡してくれたりもした。

住む所と食べる物は保障されているが、全く収入がなかったから成長していく満津子の衣類さえ整えてやることが出来ない。だから、静芳の心遣いが本当に有難かった。

千歳屋では籠の鳥のような生活を送っていたから、どうやって自分の手で現金を稼げば良いのか、皆目、見当も付かなかった。思い返せば、今まで体を売ることしか私は生きるすべを知らなかったのだ。

本当に困った時には売れば良いからと、ヤンビンが託してくれたプラチナの指輪の意味が、今、はっきりと理解出来た。


昭和十八年の短い春、夏はあっという間に過ぎた。秋もほんの僅かの期間で、もうすぐハルビンの厳しく長い冬が訪れようとしていた。

満津子は「マーマ（お母さん）」「パーパ（お父さん）」など片言の中国語を話すようになった。テーブルに摑まり立ちしそうにしては転ぶ姿が愛らしいと言い、叔父さんは暇を見付けては満津子を抱きかかえて散歩に連れ出した。

満津子に自分のことを「パーパ」と教えたのも彼だ。

心の中ではそれは違うと思いつつも、衣食住を世話になっている身では何も言えなかった。本当のパーパからの情報は、相変わらず叔父さんの元へは何も持たらされていないらしい。満津子だけを心の拠り所にして、生死すらも定かに分からないヤンビンをじっと待っている辛さにひたすら堪えた。

寝ているだけの小さい赤ん坊の時とは異なり、目が放せなくなった満津子を背負って、十人もの大家族の家事を静芳と切り盛りした。

「紀代子が手伝ってくれるようになったから、とても助かっている」

静芳に感謝されて面映《おもは》ゆかったが、少しは、この家の役に立っているのだと気持ちが楽になった。

静芳の夫も国民党の兵士として戦争に狩り出されていると聞いた。日本軍と戦っているのだ。日本人の私は敵国の人間だというのに、本当の妹のように労ってくれた。温かい彼女の言葉がジンと胸に響いた。

「女は何処の国だって戦争なんか望んでいない。女同士なら仲良くやっていける」

窓も扉も二重になっているから、隙間から凍りつくような北風が入りこむことはないが、ハルビンでの冬はやはり辛い。

地元のほとんどの家では、千歳屋にあったようなペチカではなく、オンドルで各部屋の暖を取る仕組みになっていた。ペチカとは異なり、壁を伝って家中に暖かい空気が流れている訳ではないが、じわっと床下から熱気が感じられるオンドルもそれなりに暖かかった。その熱気と同じような李家の人の温かさに、私たち親子はすっぽりと包まれていた。

二

清々しいほどにぴんと張り詰めた空気の中で、昭和十九年元旦を迎えた。

中国でも一月一日は元旦と呼ばれ、新年を迎えたことに変わりはないが、日本のお正月には該当しない。春節と言われるお正月に当たる祝日は二月だから、年号が変わってもこれという催しは何もなく、生活は日常とさして変わらない。

覚束《おぼつか》ないながらもやっと一人で立てるようになった満津子に、叔父さんが布で出来た刺繍のある小さな赤い靴を買って来てくれた。

私たちに接している母親の態度を見ているせいか、幼い美鈴も、まるで自分に妹が出来たようにお姉さんぶって満津子と一緒に遊んでくれた。

「ミツコ、クーアイ、ウォ、メイメイ（満津子可愛い、私の妹）」

「メイリン、メイリン」

満津子もまた、回らぬ舌で美鈴の名前だけは、しっかりと発音した。本当の姉妹のように仲が良かった。

近くに日本人はただ一人も住んでおらず、中国人だけに囲まれた生活をしていたから、日本からの情報は全く入って来なかった。時たま叔父さんがもたらしてくれる世間話だけが頼りだった。日本人から隔離されているような胡同での生活は平和そうに見えたが、足元には刻々と日本敗戦の翳りが忍び寄ってきていたのだ。

「紀代子、この戦争にもう日本は負けるかもしれない。さっき聞いた話では、日本はガダルカナルを撤退した後、アッツ、キスカなど、立て続けに北方にある島でも大敗を喫したそうだ。米国は圧倒的な勝利を収めているらしい。それに、密かに入ってきた情報によると、兵隊が足りなくなったから学徒出陣と言って、学生たちまで軍隊に総動員しているそうだぞ」

全く音信不通になってしまった弟の順一を思った。少年航空隊に入ったのだから、戦地に狩り出されているのかもしれない。

一体誰が望んで戦争をしているのだろう。

日本の負けがはっきりとしたら私はどうしたらいいのだろう。ハルビンにいる日本人は全員、内地へ引き揚げなければならないのだろうか。

ハルビンではなく臼杵でヤンビンを待っていればいいのだろうか。彼に関しての情報が全く何もなく、戸惑いの中で一日一日が過ぎ去っていった。

二月に入り春節を迎えると、戦争の真っただ中にあるというのに、胡同一帯は賑やかに飾られて正月を迎える機運が巷に満ちあふれていた。明日のことは分からないから出来る範囲で今を楽しむというのが、中国人の気質かもしれない。

大晦日になると、魔よけや縁起担ぎのために「幸福与日増」などの文字を書いた赤い紙が石造りの門に貼り出され、各家の扉の真ん中には「福」を逆さまに書いたやはり赤い紙が貼られた。ただの紙切れの所が多いが、叔父さんの家のは、鯉の切り絵の中心に福の文字が書いてある凝った色紙だ。

叔父さんの娘、美麗と鈴麗はとても器用に切り紙細工をする。この鯉だけでなく、龍や鳳凰《ほうおう》、桃の花など、お目出度い物をたくさん作って街中で売っている様子だった。

福の字を逆さまに書く意味が分からず、叔父さんに聞いてみた。

「どうして福の字を、わざわざ逆さまに書くのですか」

「中国語で逆さまは倒と書くのだ。これは到る、つまり来るという漢字が同じ発音なので、福が来るという意味になり、非常に縁起の良いことを表すんだよ」

中庭に面している各家々の前には大きな祭壇が設けられ、様々なお供え物が飾られた。

この日には、食卓にしている大きなテーブルに家中の者が集まって餃子作りをした。餃子の餃の発音が交と同じで、合交、つまり一致団結するという意味があり、餃子作りには、家族が一致団結するという願いが込められているのだと聞かされた。私と満津子も家族の一員にしてくれている叔父さんの気配りに、どんなに感謝したことだろう。

皆とわいわいお喋りをしながら餃子を包んでいると、日本と中国が戦争をしていることが偽りのように思えた。皆、こんなに仲良く出来るのに、どうして戦争をしなければいけないのか本当に理解出来ない。

日本の年越しそばのように、中国では、皆で作った年越し餃子を食べる。その前に、叔父さんから子供たちに、日本のお年玉と同じ圧歳銭《ヤースイチェーン》が手渡された。まだ幼い満津子にも同じように渡してくれた。そして、他の家族に分からないように、そっと私にまで圧歳銭をくれた。

「これは本当は子供たちだけに与えるのだが、紀代子には何も収入がないのだから私の気持ちだ。皆には内緒だよ」

中国では赤い色は縁起がいいと言われているそうで、春節には部屋中が赤い提灯《ちょうちん》で埋まった。部屋の暖気でゆらゆらと揺れている提灯の下、年が明けて、日本語の「新年おめでとう」「明けましておめでとう」の意味に当たる「新年快楽（シンネェーン、クワイラ）」

「恭喜発財（ゴンシー、ファーツァイ）」の言葉が交わされた。中庭のあちこちでも同じように新年の挨拶が交わされているのが部屋の中まで聞こえてきた。日本のお正月と同じ雰囲気に私は臼杵での新年を思い出していた。

家族で、母の作ったお雑煮やお節料理を食べたのは一体何年前になるだろう。無性に会いたかった。まだ羅南に住んでいるのだろうか、それとも、もう日本に引き揚げてしまったのだろうか。自分が母親になっているというのに、母が恋しかった。

長い袂の着物の袖を翻しながら、妹たちと羽根付きに興じた臼杵での正月を懐かしく思い出した。だが、今の私は満津子に一枚の着物すら作ってあげることも叶わない。

中庭では爆竹が鳴らされ、男の子たちが竹馬に乗って闊歩《かっぽ》している。

「ヤンビンは春節をどこで迎えているんでしょうか」

思わず叔父さんに問い掛けた。

「誰にも分からない。ヤンビンだけじゃない、私の息子だって何処でどうしているのか分からない。静芳も夫の身を気遣いながらじっと堪えているのだ」

叔父さんにやんわりと諭された。自分のことだけを考えていて恥ずかしかった。確かに静芳だって夫を思い辛い春節を堪えている筈なのに、愚痴めいたことは一言も言わない。

賑やかな春節の中に身を置いているからこそ、侘しさがひしひしと感じられる。願っても仕方がないことなのに、ここにあの人がいてくれたらと何回思ったことだろう。寂しさに堪えられなくなった時は、満津子を力一杯抱き締めて、乳臭い甘い香りの衣服に顔を埋めた。

「どうしたの」と言うように私の顔を見上げる満津子の目元に彼の面影を見て、心が和んだ。自由の身になれただけでも、私は他の遊廓の女たちより幸せなのだと、自分自身に言い聞かせた。何より、満津子を里子に出したりしないでこの手で育てているのだから、どんなに恵まれていることか。

暗雲の中で

一

胡同の中庭の片隅に、小さな菫が咲いているのを満津子が見付けた。やっとハルビンにも春の気配が感じられるようになってきた。

千歳屋を出てからまだ何年も経っていないのに、菫と呼ばれた遊廓でのことが、もう遥か昔の遠い出来事だったように思われた。

陽射しが穏やかになってくると、何か気持ちも温かくなってくる。満津子を可愛がってくれる叔父さんの好意に甘え、私は胡同での生活にすっかり溶け込んでいた。

庭の日溜まりで美鈴と満津子が土遊びをしているのを横目に見ながら、赤い丸い椅子に座って繕い物をしていた。

朝早く会社に出掛けてまだ昼食時でもないのに、叔父さんがあたふたと門から入って来た。息を弾ませながら一気に私に告げた。

「紀代子、そこにいたのか、今、上海の兄から電話があった。ヤンビンが死んだと……」

一瞬、叔父さんの早い中国語が理解出来なかった。いや、理解出来なかったのではない。あえて理解しようとしなかったのだ。

「我去臼杵」と、あんなに固く約束したのに彼が死ぬはずがない。思わず手にしていた繕い物を地面に落とし、呆《ほう》けたように叔父さんを見上げた。

「紀代子、しっかりするんだよ。兄の元に戦死したと国民党から連絡があったそうだ」

「嘘です。そんなこと間違いですよね。何かの間違いでしょう」

「国民党から正式な書状が来たそうだから、残念ながら間違いではないだろう」

いつもと違う母親の態度に不安を感じたのか、いつの間にか満津子が土遊びを止めて、泥だらけの小さな手で震えている私の手を握り締めてきた。

誰かにしがみ付いて思いっ切り泣き叫びたかったが、満津子の前で泣くわけにはいかない。子供に不安感を抱かせないように、強い母親を演じていなければならない。

目を閉じて細かく震えている私の肩に、叔父さんが労るようにそっと手を乗せた。必死で押さえ付けている涙が閉じた瞼からあふれ出て、堪らず便所に駆け込んだ。

「ヤンビン、ヤンビン、どうして私たちを残して逝ってしまったの。あんなに約束したのに、満津子の存在さえ知らず、抱くこともなく死んでしまうなんて私は信じられない」

涙が後から後からとめどもなく流れてきて、頬を伝った。この先、どうすればいいのか何も考えられなかった。

ひとしきり泣いた後我に返って、中庭に残してきた満津子のことが気になった。泣き顔を皆に見せないように、冷たい水で顔を洗って鏡に向かって無理に微笑んでみた。

満津子は叔父さんの膝に抱かれて、何か中国の歌を歌ってもらっていた。

「すみません、叔父さん」

「大丈夫か？　明日、とりあえず私だけ上海に行く。こんな時代だから女子供の列車の旅は危険だからな。今後のことは私が上海から帰って来てから相談しよう。それまでは今までと変わらず皆と生活していればいい」

「はい、ありがとうございます」

日がな一日ぼうっとして何も手に付かない私を、何の質問もせずに静芳は静かに見守ってくれ、満津子の面倒まで見てくれた。

ヤンビンが逝ってしまった今、親子でこの家に住んでいる意味はない。敵国の日本人は厄介者以外の何者でもないはずだ。

上海から叔父さんが帰って来るまでには、何とか身の振り方を考えねばならない。中国人の中で生活をしていたから、ハルビンにいる日本人たちがどんな生活をしているのか、私は全く知らなかった。

日本人で頼れる人は、千歳屋のかあさんしかいないと初めて気が付いた。

「二度とここへ来るんじゃないよ。千歳屋のことは全部忘れるんだ。いいね」

別れ際にかあさんから念を押されたから、千歳屋には一度も行っていない。

身請けされてから初めて、満津子を背負ってプリスタンを訪れた。フーザテンと異なり軍服姿の日本人が多く、大通りにも女の人の姿はほとんど見掛けなかった。

脇道の路地へ入り千歳屋の前に立った。もともと昼間は閑散としているのだが、全く人の気配が感じられなかった。周りをぐるりと巡ってみたが、どこも鍵が締められていて空き家になっているのがありありと分かった。

戦局が日本に不利になってきたのが分かって、いち早く内地へ引揚げてしまったのだろうか。もう私には身の上を相談する日本人は誰もいない。叔父さんを頼りにするしかないのだ。

ヤンビンが二度と再び訪れるはずもない胡同へ戻って、一体どうすればいいのか途方に暮れたが他に行く当ては何処にもない。

松花江の厚い氷もすっかり溶けて連絡船も開通した。陽射しもいくらか柔らかくなってきたというのに、私には最早、春は訪れて来ない。おぶっている満津子の重みがずっしりと背中に伝わってきた。耳元で「マーマ」と囁かれわけもなく涙が滲み出てきた。小さな声で満津子に伝えた。いや、満津子にというより、自分自身に言い聞かせていたのかもしれない。

「あなたのパーパはもういないの。一度も抱いてもらうことが出来なかったね」

上海に旅立ってから五日後、叔父さんが帰って来た。

本当のパーパの死など何も知らず「パーパ、パーパ」と纏わり付く満津子を抱き上げて、頬ずりしながら叔父さんは言った。

「葬式を済ませて来た」

「ヤンビンはどんな様子だったんですか」

「戦乱の中で亡くなったらしいから、もちろん遺体はない。それどころか遺骨の一片すらなかった。手帳だけが骨壺の中に入っていた」

「手帳……、あの黒い手帳ですか? それだけですか」

私が「いろはにほへと」の意味を書き記し、B型としっかり血液型が示されていたあの手帳を思い出した。

「黒い革の手帳だ。何だか暗号のような訳の分からないこともいろいろ書いてあったようだが、日本語もたくさん書かれていた。最後の方に『色即是空、我去臼杵、紀代子』と書いてあったから、間違いなくヤンビンの手帳だ」

亡くなる間際まで私のことを考えていてくれたのに、彼が死出の旅へ赴く僅かな気配さえ何も感じ取ることが出来なかった。せめて夢にでも現れて別れを告げて欲しかった。

「その手帳を私がいただくわけにはいかないのでしょうか？　私が日本語を書き記して、ヤンビンにその意味を教えたあの手帳だと思うんですけど」

「気持ちは分かるが、兄が紀代子のことを息子の嫁とはっきり認めた訳ではないから、それは無理というものだ。形見はそれしかないんだから、やはりあれは親である兄の物だ。長男なのに、本人の希望で日本に留学させたばっかりにこんなことになってしまったと、兄は日本を憎んでいる。満津子のこともそれとなく知らせたのだが、遊廓にいた女の子供など、誰の子供か分かるものかと全く取り合ってもらえなかった」

無理もない。数えられないほど多くの男に抱かれた女の子供を、自分の孫などと一体誰が認めるだろう。叔父さんが何も疑わず、満津子をヤンビンの子供だと思ってくれただけでも有難いのだ。父親が誰かなど、身籠った母親以外誰にも分からないのは道理だ。

戦争の最中にあっても、胡同に住んでいる人たちは皆、比較的穏やかな日々を過ごしていたのだが、初めてハルビン郊外が爆撃されて、さすがに中国の人々も浮足立ってきたようだった。

「鞍山《アンザン》、奉天《ホウテン》、大連にもB‐29とかいう新型爆撃機が爆弾を落としたそうだ。米国は中国の国民党の後押しをしているはずなのに、日本軍が居座っているからここも戦場のようになってきている」

叔父さんが苦々しそうに呟いた。日本人の私は、肩をすぼめて下を向いているしか為すすべがない。

「日本軍が進出していたサイパン、テニアン、グアムでは全て玉砕したらしい。日本は形振《なりふ》り構わず戦っているようだ。何でもフィリピンのレイテ沖には、神風特別攻撃隊とかいう特別な爆撃機が出撃して来て、死をも恐れず米軍に突っ込んでいるという話だ」

叔父さんから聞かされたそれらの島々が、南国の島らしいということ位は知っていたが、そんな見知らぬ場所で亡くなってしまった兵士の無念さに思いを馳せた。そして、弟の順一がその中の一人に入ってはいないようにとひたすら祈った。

いや！　もう戦争なんかいや！　私から永遠にヤンビンを取り上げてしまったように、次々大切な人たちが死んでいく戦争なんか一体誰が始めたのと、心の中では思いっ切り叫んでいたが、言葉に表すことなど出来るはずもない。

満津子を可愛がってくれる叔父さん、国豪の態度に変わりはないのだが、ヤンビンの死を告げてから、私に対する様子が徐々に変化してきた。

二

千歳屋で多くの男たちと接してきたから、男の心の中は手に取るように分かる。私を一人の女として見詰め始めたのだ。

大家族で住んでいるから、誰かしらが側にいて二人になることはほとんどなかったからそれがせめてもの救いだった。私は出来るだけ彼とは距離を置いて、二人だけになる機会がないように気を付けた。

これからの身の振り方を考えなければいけないと思いながら、満津子を抱えてどうしていいか分からず、一日延ばしにしていたのが間違いだった。

いつものように朝早く国豪と娘二人に仕事に出掛け、静芳も美鈴を連れて外出し、家には満津子と二人だけが残されていた。満津子が昼寝している間に、夕飯の下準備をしておこうと台所で大根を切っている私のうなじに、熱い息が吐きかけられ、背後から不意に力強く抱き締められた。

「紀代子」

全く足音がしなかったので、国豪が背後に忍び寄って来ていたなどとは全く気付かなかった。

「叔父さん、ふざけないで下さい。今、包丁を持っているから危ないですよ」

平常心を装って、何気ないふうに言いながら必死で身を振りほどいた。

「ふざけてなんかいない。私はずっと前から紀代子のことが好きだったんだ。千歳屋の下働きの時から目を掛けてやっていただろう。だが、甥の嫁と思っていたから遠慮して我慢していた」

また抱き締めようと迫って来る国豪に、冗談の振りをして包丁を目の前に翳《かざ》してみせた。

「危ない、危ない。きちんと話をするから、とにかくその包丁を仕舞ってくれ」

「では、叔父さんもそこの椅子に座って下さい」

「分かった、分かった。紀代子も座ってくれ」

台所にある大きい食卓を真ん中にして、私たちは対峙《たいじ》した。

「満津子はパーパと言って私によくなついている。ヤンビンが死んでしまった今、私は満津子の本当のパーパになりたいと思っているのだが、どうだろう。私も妻を亡くして独り身だから何の問題もない」

「すみません叔父さん、今の私にはヤンビン以外の人のことは何も考えられないんです。

それに、日本人が妻になったら叔父さんに迷惑を掛けるだけだと思います」

老いの気配は感じさせないが、多分、彼はもう還暦に近いのかもしれない。私とは四十歳位年齢が離れているのだから、彼の奥さんになるなど考えてみたこともなかった。ましてや、ヤンビンの死を知らされてから、まだ半年も経っていないのだ。

国豪は、ふくよかな赤ら顔の口元に笑みを浮かべていたが、目尻が吊り上がった細い眼差しには怒りの気持ちが込められていた。険しい目線でひたと見据えられた。

「これまで紀代子には随分親切にしてやったはずだが、恩を仇で返すというのか」

「いいえ、そんなつもりはありません。叔父さんには本当に感謝しています」

「その感謝の気持ちを一体どうやって私に表してくれるんだね」

「私には何もお返しするものがなくてすみません。ただ言葉で感謝の気持ちを伝えることしか出来ません」

「女は体で返すことが出来るはずだ。千歳屋で何人もの男に抱かれた体だろう。今さら勿体ぶることもないだろうよ」

「私は満津子に恥じない母親になりたいんです。だから、もう誰にも抱かれるつもりはありません」

「死んでしまった者は女を抱くことなど出来ない。代わりに私が抱いてやろう」

食卓を回って側ににじり寄り、肩を抱き締めて来た彼の体臭に、吐き気を催して立ち上がった。

「満津子がもうそろそろお昼寝から覚める頃なので、行ってやらないと」

「じゃ、夜、満津子が寝付いてから私の部屋に来るんだ。いいな」

有無を言わせず睨むように私の眼差しを捉えてから、台所を出て行った。

ヤンビンが亡くなったと聞かされ、もはや永遠に戻って来ないと分かっていても、私には彼しかいなかった。彼以外の他の人に抱かれるなど、夢にも考えたことがなかった。まして、親切心からずっと私たち親子を助けてくれているのだとばかり思っていた国豪に身を委ねるなど、思いもかけないことだった。だが、今の私には、これまで世話になった恩に報いる何の手立てもなかった。体を与えることしか出来ない自分が情けなかった。国豪の頭の中には、しょせん、元遊廓の女だという事実が厳然とこびりついているのだろう。

彼の死を伝えられた時、すぐにここを出て行かなければならなかったのだ。お金もなく路頭に迷う生活をするよりはと、満津子のために、居心地の良い所でぐずぐず時を過ごしていたのが間違いだった。

国豪は心底、満津子を可愛がってくれている。体でその恩に報いることが出来るのなら、自分はそうすべきではないかと様々に心が揺れた。

「今さら勿体ぶることはないだろう」と侮辱的な言葉を投げ掛けられたが、確かにその通りかもしれない。女郎はどんな客の相手もしなければならなかったのだから、また、遊廓の女に戻ったのだと思えば堪えられるはずだ。

国豪を拒否すればこの先、親子の生活の目処は全く立てられない。住む所とてないのだ。いくらか春めいてはきたが、まだハルビンの気候は肌寒かった。自分はともかく、寒空に満津子を放り出す訳にはいかない。選択の余地がないのは明らかだった。

夜の訪れが怖かったが、夕闇が胡同を覆いはじめてきた頃にはしっかりと覚悟を決めていた。ヤンビンの大切な忘れ形見、満津子を守るために自ら国豪に抱かれようと……。確かに、今さら勿体ぶることはないのだ。

他の家族は皆寝静まり満津子もすっかり寝入っている夜半、そっと側を離れて、忍び足で奥まった国豪の寝室に向かった。軽く扉を叩くとすぐに開けられ、薄暗い灯の中に彼の太った大きな影が浮かび上がって見えた。

「待っていたぞ。約束を違えずちゃんと来たんだな」

「叔父さんの今までの恩に報いるためには、私にはこうすることしか出来ません」

太い腕に抱き締められて口付けをされ、ベッドに押し倒された。乱暴に上着とズボンが剝ぎ取られ下着一枚の姿になった私を、仄かな灯の下で彼はじっと見詰めた。羞恥心で一杯になった。頭と体と心をばらばらにしておけと言った千歳屋の富美さんの言葉が脳裏に蘇ってきた。

ひたすらヤンビンに会える日を願って、満津子だけを見詰めてきた私は、もう二年近く男の人とは接してこなかった。男だと意識したことさえなかった国豪が、私を求めるようになるなどと考えたことすらなかった。

身に着けていた最後の一枚が取り除かれ、裸身を曝け出した私の上に大きな体が覆い被さってきた。

「紀代子、紀代子、やっと俺のものになったんだな」

腰を動かしながら呻くように呟いている一人の男は遊廓の客と同じだった。

体内で彼が果てたのを感じてから、何の感情もなく遊廓にいた時のように、私は隠し持ってきた洗滌器を手にしてそっと便所に向かった。

涙と共に男の痕跡を何度も何度も洗い流した。自分はまた、女郎に戻ったのだ。相手が不特定ではないというだけで、心を伴っていない行為が空しかった。

部屋に戻り黙って衣服を身に着けている私を、ベッドの上から気《け》だるそうに眺めながら国豪は言った。

「行為の後始末まできちんと終えてきたとは、やはり紀代子は元遊廓の女だよ。だが、なかなか良かったぞ。ヤンビンが夢中になったのも分かるような気がするな。何と言っても若い女からは活力が与えられる」

こんな時に、不用意にヤンビンの名前を口にした無神経さを、聞こえなかった振りをして出口に向かった。無言の背中に追い打ちをかけるように鋭い言葉が追い掛けてきた。

「明日の夜も待っているからな」

足を潜めてそっと自分たちの部屋へ入った。ベッドの満津子は母親の不在にも気付かず、すやすやと眠っていた。ヤンビンの面影が我が子の上に重なって涙があふれ出てきた。

このままずるずると自分の体を投げ出して、国豪の世話になっている訳にはいかないのは分かり過ぎるほど分かっていた。だが、どうやって親子の生活の糧を得ればよいのか私は途方に暮れた。

「おはよう、今日は気分が爽快だ。さあ仕事を頑張るぞ」

翌朝、張り切った何食わぬ顔で国豪は仕事に出掛けた。消え入りたいような私の気持ちとは裏腹に、元気に満ちあふれている態度が恨めしかった。

食欲がなく何も食べられなかった。静芳が心配して、ほかほかと湯気の立っているお粥を差し出してくれ励ましてくれた。

「紀代子、生きている者は前を向いて歩いていかなければならない。亡くなったヤンビンはもうあなたを助けてはくれない。満津子のためにもお母さんがしっかりしなければね。さあこれを食べて元気を付けて、満津子と少し散歩でもしてきたらいいわ」

静芳に国豪のことを言う訳にはいかない。静芳は、まだ私がずっとヤンビンの死を引き摺っているのだと思っている。

彼女に励まされて、お使いのついでに松花江河畔《かはん》までやって来た。連絡船を眺めながら、あれに乗って満津子と二人で何処か遠い所へ行ってしまいたいと切実に思った。満津子を抱いて水の中に身を投じたら、この世ではない所であの人に会えるような気がした。

「マーマ、どうしたの?」

不安気に手を握り締めてきた我が子にはっと我に返った。馬鹿なことを考えている自分に腹が立った。どんなに辛くても、満津子の人生をたった二歳で終わらせてしまう訳にはいかない。母親といえどもそんな権利はない。

ここは中国、日本人は内地に帰るのが一番賢明な方法だと悟った。

右も左も分からないまま朝鮮に連れて来られて、家族を養うために満州まで来てしまったけど、私の帰る場所はやはりあの故郷なのだ。何か当てがある訳でもなかった。最早、ヤンビンが訪れることは絶対にない臼杵で、満津子と二人で生きていくしかない。臼杵以外のどんな地も安住する場所はないと思った。臼杵には、無事に羅南から引き揚げて来た母に会えるかもしれないという唯一の希望があった。

母親が恋しかった。ヤンビンの代わりに満津子を抱いて欲しい。順一、雅子、和子、孝次、父亡き後の家族に無性に会いたかった。

帰国するにはどうすればいいのか皆目見当もつかなかったので、とりあえず日本の領事館へ行って相談してみようと思い付いた。

何年もハルビンに住んでいたというのに、全く行ったことがなかった南崗へ足を向けた。その地区は今住んでいるフーザテンとはかなり離れた山の手の高台にあり、日本の官公庁が軒を連ねている場所だと聞いていた。

短いハルビンの秋は終わりを告げ、十一月の声を聞くと、もう北風が吹き始めて冬の訪れが感じられる。人力車を雇うお金はもちろんのこと電車賃にすらこと欠いていたから、満津子と手を繋ぎ風の中をただひたすら歩いた。体がうっすらと汗ばんできたのも構わず、領事館を目指して歩き続けた。

満津子が疲れてぐずぐず言い出したら背負い、途中、何度も休みながらやっと南崗に辿り着いた。

かつて聞いていた通り、各国の領事館、官庁、鉄道会社、博物館、鉄道管理局の高級幹部社宅、施設など立派な建物が建ち並んでいて、ロシア人の名前が記されたレンガ造りの瀟洒な邸宅もたくさん見受けられた。

歩道には所々ベンチが置かれてあったが、北風の吹いている中に座っている人などいなかった。満津子を抱いて倒れ込むように側のベンチに座り込んだ。

見渡すと、ここは中国ではなく、まるで、写真で見たことのある西洋の街中に紛れ込んだようだった。馬家溝と同じくリラの並木で蓋われた緑豊かな美しい街、その中央には、かつて山木さんが教えてくれたロシア正教会の総本山、聖ニコライ会堂があった。

深い木立の中から、小さな丸いネギ坊主の青い屋根の上に、燦然《さんぜん》と輝いている金の十字架が目に留まった。

近付いて見ると、ロータリーに面して建てられた建物は、周囲を曲線で形取り、眺める者に柔らかい感じを与えた。窓や出入口の周囲は大きな円や楕円形で壁をえぐるように設計されており、暗緑色の石造りはどっしりとした安心感を与えた。何となく心に安らぎを覚えるような建物だ。

「マーマ、ハオカン（きれい）」

幼い満津子も、そのドームの美しさに目を惹かれたようだった。

探し当てた鉄筋の三階建て、大日本帝国領事館からは、教会の美しさとは対照的に、威容を誇った厳然とした冷たさが感じられた。

時たま、舗装された石畳の路を行き交う人たちが、私たち親子を不愉快そうにじろじろと眺める視線に気が付いた。

二人共、着古した短い上着とズボンで、完全に貧しい中国人の身形をしていることにはたと気付いた。そうだ、ここ南崗は中国人が立ち入ってはいけない地区なのだ。多分、中国人と思われて冷たい視線を浴びているのだ。こんな身形では、この威容を誇っている大日本帝国領事館へ入れてもらえるだろうかと心配になった。

鉄柵がぐるりと周りを取り囲んでおり、扉へ通じる五段ほどの石段さえ踏むのが躊躇《ためら》われた。少し突起した屋根の一番高い所には、日の丸の旗が翻っていて、この建物がまぎれもない大日本帝国の砦だということを周囲に知れ渡らせている。二階の出窓から女の人が顔を覗かせたのをきっかけに、意を決しておそるおそる瀟洒な重い扉を押した。

受付の窓口に声を掛けると、すぐに強い調子の男の声で怒鳴られた。

「中国人がこんな所に何をしに来た？　この界隈は立ち入り禁止になっているはずだろう」

大きな声に驚いて泣きだした満津子をあやしながら、必死になって説明した。

「こんな恰好をしていますが、私は日本人です。中国人ではありません」

全く訛りのない日本語にその人は納得した様子で部屋から出て来たが、威圧的な口調に変わりはなかった。

「一体、何の用事だ」

「あのう、内地へ引き揚げるにはどうすればいいのか教えて欲しいんです」

「引き揚げる？　この戦局の真っただ中にあって、今頃引き揚げるなどと簡単にはいかんぞ。小さな子供まで抱えているというのに、何故もっと早く引き揚げなかったんだ」

「ずっとフーザテンの胡同に中国人に囲まれて住んでいたので、日本の事情がよく分からなかったんです」

「何故、日本人がそんな所に住んでいたんだ」

改めて私たちの恰好をじろじろと見定めるようにした。

どう答えれば良いのか言葉に詰まった。千歳屋から中国人に身請けされたことを話さなければならない。ここに居るのが遊廓の女だったと知ったら、この人はどんな反応をするだろうか。男たちの態度はもう分かっていた。上から下まで見下されるか、意味ありげににやにやと見詰められるか、どちらかだ。

消え入りそうな声で答えた。

「あのう、千歳屋から中国の人に身請けされたのです」

「何い？　じゃ、お前は女郎だったのか、それで、その子は中国人との混血児なのか、この非国民が……」

「違います。父親は日本人です。でも、ガダルカナルで戦死しました」

私は必死になって打ち消した。またもや、満津子の父親は田村中尉だと言い張らなければならない。

戦死したという言葉に、幾らか領事館員の態度が和らいだが言葉は辛辣《しんらつ》だった。

「そうか、それで、お前は中国人の世話になっていたというのだな。中国人の妾《めかけ》になっていたのか。男は命を張ってお国のために戦っているというのに、見境もなく異国人まで相手にするとは、女郎はこれだから始末が悪い」

さも、見下げ果てたように眺められた。

幼い満津子の前で決して言って欲しくない言葉だったから、慌てて遮《さえぎ》るように再び言った。

「あのう、日本に引き揚げるための手立てを教えて欲しいのです」

「金はどの位持っているのだ」

一瞬、ヤンビンに貰ったプラチナの指輪が頭を掠めたが、あれだけはどうしても手離したくなかった。満津子に残しておきたかった。

「お金……、お金はほとんど持っていません」

「馬鹿馬鹿しい、金がなくては引揚げ船に乗ることなど出来るはずもないだろう。さあ、とりあえず今は、もうその中国人の所に戻れ！　そんな恰好でこの辺をうろうろしていると、中国人と間違えられて官憲に引っ立てられるぞ」

もう取り付く島もなかった。

大日本帝国領事館と書かれているが、何の恩恵も与えてくれる場所ではないと悟った。風にはためいている日章旗ですら、今の私には何の価値もないのだ。日本という国が遥かに遠い異国にすら思えた。ここで、国豪の世話になって、満津子を育てていくしか選択の余地はないのだろうか。

重い足を引き摺って、再び胡同への道を歩き出した。このまま二人でヤンビンの所へ行きたい、黄泉《よみ》の国で親子三人幸せに過ごしたいという思いが再び私を襲った。

母親の心を読み取り翻えさせるかのように、背中におぶった満津子が中国語で、叔父さんに教えてもらった歌を歌い始めた。

（そうね、あなたにはどんな未来が待っているかもしれない、ここで終わらせるわけにはいかないのよね。石に齧りついても、お母さんはあなたを内地へ連れて帰らなければいけない。ヤンビン、勇気を与えてちょうだい）

心の中で叫びながら一緒に小さく口ずさんだ。共に歌っていると、何だか生きる勇気と希望が湧いてくるような気がした。

夕方、やっと辿り着いた家の門をくぐると、待ち兼ねたように静芳が駆け寄って来た。

「あんまり帰りが遅いから心配していたのよ。どこまで出掛けていたの」

「ご心配かけてすみません。南崗にある日本の領事館に行ったのです」

「え？　あんな遠くまで歩いて行ったの」

「はい」

「私に相談してくれれば電車賃位渡してあげたのに」

「静芳にはもう一杯お世話になっていますから、あまり心配を掛けたくなかったんです」

「ヤンビンが亡くなってからの紀代子がとても心配なの。どんなことでも相談してね。私が出来る限り力を貸すから」

まるで身内のように労りのある静芳の言葉に、よほど国豪のことを打ち明けようかと思った。黙っているのが辛かった。誰かに慰めて欲しかった。だが、皆が敬っている、一家の家長である彼のことを悪し様に言うことは出来なかった。

ただ、ヤンビンが亡くなってしまった今、これ以上国豪の世話になっている訳にもいかないので、何とかして日本に帰りたいと、領事館に相談しに行ったことは伝えた。そして、冷たくあしらわれて、仕方なくまた帰って来たことも……。

「そうよね。もうヤンビンはこの世にいないのに、ここにあなたが留まる理由は何もないんですものね。紀代子が日本に帰りたい気持ちはよく分かるわ。でも、お義父さんはあなたたちをここへ引き留めておきたいみたいね。満津子をとても可愛がっているし、紀代子のことも気に入っているようだから」

静芳は何か感じているのだろうかと、彼女の何気ない言葉に一瞬どきりとした。好むと好まざるとにかかわらず、私が国豪に抱かれたと分かったら、どんなに蔑まれることだろう。何事も自分の胸の内にだけ秘めて、今夜も彼の寝所へ赴かねばならないのだ。

毎夜、私を欲する国豪とどう立ち向かえばいいのか考えあぐねた末、一つの結論に達した。女郎は金で買われるのだから、私も元の遊廓の女に戻って金で買われればいいのだ。自分の体と引き換えに金を要求する、そして、そのお金を貯めて日本に帰るのだ。毎回、お金を出すとなると、国豪もそうそう求めはしないだろう。

年の瀬も押し詰まった深夜、男の太い腕の中で、私は思いっ切り甘い声を出して彼に求めた。

「叔父さん、お世話になっていてこれ以上の要求は心苦しいんですけど、女郎はお金で買われるものです。一回抱くたびに私にお金を下さい。満津子も大きくなってきて、いろいろお金が必要になってきました」

私からそんな要求が出るとは思いもしなかったのだろう。驚いたようにベッドに半身を起こし、上からじっと見据えられた。私も負けずに、思いのたけを込めて下から彼をきっと見詰めた。

「そうか、さすがに遊廓で働いていただけのことはある。この私に金を要求するとはな。紀代子がそんな女だとは思いもよらなかったが」

「すみません。でも、私はお金が欲しいんです」

「いいだろう。格式の高かった千歳屋と同じ金額という訳にはいかないが、フーザテンで中国人の女を買う時と同じ位の額は出してやろう。その代わり、金を出す以上、客の言うことにはどんなことでも従うんだろうな」

「はい」

一旦心を決めてしまえば、度胸が据わるのが私の常だ。

遊廓では一日に何回も見知らぬ人を客として取らなければならなかった。そのことを思えば、一日に一回、一人の人間だけを相手にするのなら、こんな楽なことはないではないか、我慢出来るはずだ。

私は商売用の微笑みまで浮かべて国豪を見上げた。

お金が絡むようになってから、彼が露骨に言い寄る回数は減った。日中は目に見えてよそよそしく振る舞うようになってきた。仕方がない。妻になるのを拒否し、その上、遊廓の女と同じ、金で抱かれるようになったのだから……。だが、今までと変わらず満津子を可愛がってくれるのが唯一の救いだった。

日中、家族の前では私のことをほとんど無視していたが、その代わり夜は、国豪の求めるあらゆる要求に従わねばならなかった。その要求の仕方は日増しに淫らなものになっていった。満津子を可愛がってくれるのだから自分だけが我慢すれば良いのだと、私はひたすら奉仕した。

ヤンビンが亡くなってからも、まだ少しばかり彼との間に残っていた信頼関係は、私がお金を要求した時点で完全に崩れ去ったが、それでも良かった。私は何としても、日本へ帰るためのお金が欲しかったのだから。

三

昭和二十年、また胡同で新しい年を迎えた。

泥沼化してきている日中戦争のため、去年ほどの賑やかさはないが、やはり春節には爆竹が鳴らされ家の中には赤い提灯が飾られた。

「此の頃、お義父さんは何だか紀代子に冷たいようだけど何かあったの」

静芳に問われたが真実を言う訳にはいかない。自分の体と引き換えに金を貰っているのだなどと、どうして言えるだろう。

善良な一般市民の中国人たちが住んでいるこの胡同は、遊廓街ではないのだ。

「何もありません。満津子には今まで通り優しくしてくれています」

何食わぬ顔で話しているのが辛かった。静芳だけには決して知られたくない。

「そう、それならいいんだけど……。さあ、一緒に餃子を作りましょう」

静芳は誘ってくれたが、去年、にこやかに餃子作りの輪に誘ってくれた国豪からは、一言も声を掛けられなかった。もう私を家族の一員と見做していないのだろう。静芳に連れられて台所に入って来た私を見て、不機嫌そうな表情を浮かべた。むっつりとした国豪を取り囲んで、何となく重苦しい雰囲気が周りに漂い、いたたまれなくなって席を立った。

二重扉のドアを押して戸外へ出ると、冷たい空気が肌をひりひりと刺した。今日もまた零下三十度を下回っているのだろうか。さらさらとした粉雪が地面に届いたと思う間もなく、また風に吹かれて宙に舞い上がり、雪の精が空中を乱舞している。

同じように身を切られるような冷え冷えとしたあの日、千歳屋を訪れたヤンビンを思い出していた。自分の肌の温もりで彼をひたすら温めたあの日の出来事が、まるで昨日のことのようだった。

「あなたに再び会えるのを願ってここで待っていたのに、私たちを残してどうして先に逝ってしまったの？　この先、私はどうすればいいの」

人知れず呟きながら、彼が恋しくてたまらなかったが望郷の念だけは募った。

外気に晒《さら》されている睫毛の上に凍った粉雪が吹き溜まり、何度も何度も空しく呟いている自分の吐息が、白い霧となって舞い上がる粉雪の中に溶け込んでいった。

先の見えない戦争の真っただ中にあって、誰一人日本人の住んでいない胡同の中で、私は金の亡者になり切っていた。

たとえ苦界《くがい》に身を沈めようとも、ヤンビンを一途に想い心だけは汚れていないと自負していたあの頃の自分は、もうどこにも存在していない。お金のためならどんなことでもする女になり下がってしまった。

いかなる困難を乗り越えても日本に帰る、そのためにこの体が役に立つのなら私は何も厭いはしない。菫と名乗って客の相手を始めたその時から、女としての誇りなどとうに捨て去ったはずだった。

我が子を守るためだったら、誰でも踏み台にして何でもする覚悟はもうとうに決まっていた。


大陸特有の黄塵が街に吹き始めると、中庭に一本植えられている楡《にれ》の大木から、タンポポのような綿毛が周囲に飛び始める。それは、ハルビンの遅い春の始まりだ。

庭の片隅に、また小さな菫の蕾《つぼみ》が認められる季節になってきた。千歳屋で百合花ねえさんが教えてくれた菫の花言葉「誠実、謙遜、慎み深さ、小さな幸せ」は、今の私にはもう関係ないものになってしまった。

親子で生きて日本の土を踏むためには、誠実も謙遜、慎み深さももはや不要のもの。ヤンビンと三人でいられる小さな幸せすらもう失ってしまったのだから、せめて、満津子と一緒にいられるこの幸せだけは何としても守りたかった。

ここでは硝煙の気配さえ感じられないのに、東京、名古屋、大阪、神戸と立て続けに日本の大都市が空爆を受け被害は甚大で、とうとう米軍は沖縄に上陸を始めたらしいという情報を、国豪が伝えてくれた。

日本の首都である東京どころか他の都市まで空爆されたというのは、そこに住んでいる人たちはどうなったのだろう。戦場で兵隊だけが戦っている訳ではなく、民間人にまでとうとう戦火は押し寄せてきたのだ。

平和とは言い難いが、少なくともこのハルビンは、命の危険を感じるほどの戦場にはなっていない。それなのに、空爆で破壊されどんな状態になっているか分からない日本へ、満津子を連れて帰る意義が果たしてあるのだろうかと、逡巡し始めていた。そんな気持ちを見透かしたように、ベッドの中で国豪が未練がましく言った。

「どうやらお前は日本に帰りたいようだが、今さら帰国したところで、日本にお前たちが安住出来る場所はないだろう。満津子も私になついているし、中国人の妻になるのが一番賢明な生き方だと思うがな。これだけ抱かれていても、やはりそういう気にはならないのか」

「すみません、ヤンビンが亡くなった今、やはり私は自分の国へ帰りたいのです。たとえ焦土となっていようと、日本に帰れば母や弟や妹に会えるかもしれないのです」

「紀代子の一家は朝鮮にいたそうじゃないか、無事に日本へ引き揚げられたかどうか分からんぞ。それに、満津子は半分中国人なんだぞ」

彼の言う通りだ。少なくとも満津子にはあの人の血が混じっているのだから、ここは、私には異国であっても満津子にとっては母国でもあるのだ。

お金のために彼の言う通りに従ってきたが、本当の自分を取り戻したいといつも願っていた。満津子に誇れる母親でいたかった。それには何としても日本に帰らなければならない。日本人が疎まれるようになり始めているこの中国で、一体どのようにして生活の糧を稼げばよいのか、私には皆目見当も付かなかった。女郎の経験しかない私は、自分の体を使うこと以外に自活するすべを知らない。だが、日本へ帰れば、男の人の言いなりにならずに生きていける、新しい自分が見付けられるのではないかと一縷《いちる》の希望を抱いていた。

八月、アメリカが新たに開発した新型爆弾が広島、長崎と立て続けに投下され、日本は壊滅したらしいというニュースがこの胡同にも流れてきた。その脅威は凄まじいもので、今までの爆弾とは異なり、草木一本残さず土地は焼き尽くされ、道端に屍《しかばね》が累々ときずかれていると聞かされた。その中には満津子のような幼子もいたことだろう。どうして、銃も持っていない一般の人々が犠牲にならなければならないのか、どうしても納得がいかなかった。

国と国が始めた戦いで被害を被《こうむ》るのはいつも弱者、それも子供たち、どんな未来が待っているかもしれないのに、国を司っている上の人はそれを簡単に握り潰してしまう。

ハルビンの夏は、日本のように湿気がないから過ごし易い。爽やかな風が木々の間を吹き抜けていく。天高く澄み切った青空は遠く日本まで続いているのに、向こうではこの青空を見ることなど出来ないのだろうか。黒雲が地上の悲惨な姿を覆い尽くしているのかもしれないと思うと、いてもたってもいられなかった。

私の家族は今、どこで、どうしているのだろう。この世に、満津子とたった二人だけ残されていないことを祈るばかりだ。

日本の民間人を守ってくれると思っていた精鋭の関東軍は、いつの間にかハルビンから撤退して、代わりに、怒とうのようにソ連軍が押し寄せて来た。

コンテナ風の物に自動小銃を載せた何台もの軍用トラックが行き過ぎた。いかついソ連兵が、その小銃をすぐ発射出来るように外へ向けて構えている。さらに、その後からは、キャタピラをひけらかすように、威圧するような大きな音をさせながら、キタイスカヤの大通りを何台もの巨大な戦車が通り抜けた。茫然として私はそれらを見送った。

戦場の第一線に配属されているソ連兵たちは元囚人の者が多く、粗野で規律もないから、若い女は出来るだけ外を出歩かない方がよいという情報が胡同にも流されてきたが、私は自分の目で確かめたかった。人を愛することを初めて教えてくれた、愛しいヤンビンの命を奪ってしまった戦争の末路が、どんなものなのか知りたかった。

通りの至る所に、左上端に黄色で鎌らしきものが描かれている真っ赤なソ連の国旗と、赤青、白の三色からなる国民党の旗が掲げられるようになった。

生きるための闘い

一

昭和二十年八月十五日、とうとう日本は敗北を認め、無条件降伏をして戦争が終結したというニュースが胡同に飛び交った。

「勝った！　日本に勝った！　戦争は終わった」

弾んだ歓声が胡同のあちこちから湧きあがり、爆竹が鳴り渡った。戦勝を祝うムードが中国人の間に広まった。

日本の敗戦が決まると、今まで親しくしてくれていた近所の人たちの態度が露骨に変わった。中国語で話をしてはいるが、私が日本人ということはそれとなく近所の人たちに伝わっていた。さすがに元遊廓に居たということまでは分かっていなかったようだが……。

どうやら、ハルビンを我が物顔に占領していた日本という国に遠慮して、私にも一目置いていたらしい。国豪の娘、美麗、鈴麗までも、接する態度が違ってきた。

ある日、面と向かって二人にはっきりと言われた。

「紀代子と満津子はここを出て行って！　パーパが庇ってくれてるのをいいことに、いつまでもいられたら迷惑なのよ。日本人を住まわせていることで、近所の人たちには白い目で見られているんだから……。ここは私たちの国だから、日本人がいる権利はないはずよ。紀代子は自分の若さを武器にしてパーパをたぶらかしている」

「ヤンビンだって、紀代子にたぶらかされて死んでしまったのよ。紀代子のためにお金が欲しかったから、命を懸けた危ない仕事を引き受けてしまったと聞いたわ。従兄だけど、本当は私はヤンビンが好きだったのに」

まるで堰《せき》を切ったように、立て続けに非難されて身の置き所がなかった。今までそんな風に思われていたのかと、改めて日本に対する憎しみが自分に振り掛かってきたのを感じた。

静芳が止めに入って二人を立ち去らせなければ、もっともっと憤りをぶつけられていたかもしれない。

「二人を許してあげてね。鈴麗はヤンビンのことが好きだったようだけど、ヤンビンは妹のように思っていたみたい。今まで、日本に対する憎しみをじっと隠して持ち続けていた中国人はたくさんいるわ。でも、それを一人の日本人に向けるのは間違いよ。皆、国と国との戦争が悪いのよ。私たち女にはどうすることも出来なかったんだもの。紀代子だって被害者なのに」

静芳の国を超えた優しさに触れて、不覚にも彼女に取り縋って泣いてしまった。

私たち親子はもうここにいるべきではない。それはもうずっと前から分かっていた。国豪が私のことを一人の女として見始め、体を求め出した時からここに居場所はなかったはずだ。

あの時、領事館で門前払いをされたけど、敗戦を迎えた今はまた事情が変わったかもしれないと思い、もう一度、南崗にある領事館へ行ってみようと思い立った。静芳に相談してみた。

「こんな時なのにどうしても出掛けるの？　ソ連兵のことが気になるから、女だと分からないように私の息子の服を着て行った方がいいわ。紀代子は小柄だから合うと思うけど……」

すぐに、耳まで隠れる帽子と黒っぽい上着、ズボンを持って来てくれた。

「今のハルビンでは、子供だって日本人だと分かったら何をされるか心配だから、満津子は私が見ていてあげる。危ないから、この前の時のようにあんなに遠くまで歩いて行っては駄目よ。絶対に日本人だと分からないようにしてね。はい、これは電車賃」

「ありがとうございます」

今は私にも、体と引き換えに国豪から得た蓄えが少しはあった。だが、何も言わずに彼女の好意を素直に受け取った。

今まで日本に抑圧されていたのを振り切るように、胡同にも大きな通りの至る所に国民党の青天白日旗《せいてんはくじつき》が堂々と掲げられていて、ここは中国だというのが誇示されていた。

やや丈の短い上下の中国服に身を包み、帽子を目深にかぶった。自分が男に見えるかどうか自信はなかったが、中国語はそれなりに喋れるし、とりあえず中国人には見えたようだ。電車の中では誰にも身咎められることなく、無事に領事館に着いた。

威厳を保つように領事館の屋根の上にはためいていていた日章旗は、取り除かれていた。代わりに、ソ連の赤い国旗と国民党の鮮やかな三色の青天白日旗が風に翻っていた。ここはもう日本人には全く無縁の建物なのだろうかと、半信半疑でおそるおそる門を開けようとして、横に書かれた日本語の貼り紙に気が付いた。

そこには、ハルビンに残っている日本人は全て、キタイスカヤにある日本人居留民会に赴き、登録するようにという趣旨のことが書かれてあった。

私は疲れたのも忘れて小躍りした。自分が求めていた情報はまさしくこれだったのだ。

どうやったら一般の日本人たちと接触することが出来るのか、中国人の中で暮らしていたので全く分からなかったのだから……。領事館を訪れた時、日本人居留民会のことを教えてくれてもっと早くこの存在を知っていたなら、また違った道が開けただろうにと悔やまれた。

そこに登録すればきっと帰国する道が開けるに違いない。また領事館の時のように中国人に間違えられないかと、改めて今の自分の身形が気になったが、躊躇している余裕はなかった。

今や、日本の兵隊ではなく、ソ連の兵隊たちが闊歩しているキタイスカヤ通りの端っこを、下を向いて身を潜めるようにして小走りに歩いた。

墨で黒々と「日本人居留民会」と書かれてある、木の札が掛かっている建物を見付けた時はホッとした。

中では、久しく耳にしていなかった懐かしい日本語が話されているのが漏れ聞こえ、安らぎを覚えた。アクセントの高低に特徴のある中国語に比べ、日本語はこんなにも温和な響きの言葉だったのだと改めて感じた。

私の中国語は耳から覚えたもので、正式に習ったことなど一度もない。中国語には四声《しせい》と言って、アクセントに四つのパターンがあると静芳が教えてくれたが、耳から吸収したものでもうまく会得出来なかった。馴れ親しんできた中国語ながらやはり異国の言葉だった。

日本語をほとんど完璧に操っていたヤンビンのことを、またしても思い出していた。

(満津子と日本に帰るわ。だから、夢の中でもいいから臼杵に会いに来てね)

最早叶うはずはないと分かっていながら、心の中で呟いていた。

受付で届けを済ませた。

名前と現住所を言うと、ずっと下を向いて事務的に話していた係の中年の男性が、驚いたように顔を上げた。男の恰好なのに名前が女だったからではない。住所に驚いたのだ。

「そこは中国人街で、日本人など住んでいないと思ったが」

中国人に身請けされたなどと真実を言ってはならないのは、領事館に行った時に嫌というほど悟らされた。

「少し事情があって……」

後の言葉は濁した。

頷いた男性はそれ以上何も詮索せず、中国人男性の衣服を身に着けた女の様子にも驚いた風もなく「岡島紀代子、満津子、母子」とたんたんと書類に記入した。

見渡せば、そこには、ハルビンよりもっと北の辺境にある開拓地から引き揚げて来たらしい女性たちが大勢おり、若い人は皆、一様に頭は丸刈りで男性の恰好をしていた。それも、私が身に着けている衣服よりももっとひどい身形だった。とても衣服とは言えない、筵《むしろ》のような物を纏っている人たちもいた。一様に痩せ衰え、疲れ果てた様子をしていた。

「ここは学校の寄宿舎だったので、とりあえず今、住む所がない人たちの避難所になっています。住む所はこの住所に確保されているのですか」

「いいえ、そこにはもう住めないのです。今は子供を預けて来たので、迎えに行って今日にもこちらに子供とお世話になりたいんですが」

「分かりました」

即座に明快な頼もしい日本語が返ってきて、その旨が書類に記載された。

「あのう、ここにいれば日本に帰ることが出来るんでしょうか」

「ええ、しかし、それが一体いつになるかは皆目分かりません。敗戦国の私たちは、もうパスポートも待っていない単なる難民ですからね。戦勝国の中国、ロシア、アメリカの指示にただ従うしかないんですよ。それも主導権を一体何処の国が握っているのか、今はそれも分からない。当座は日本人居留民会から食べ物が支給されますが、ご覧のように、とにかく北からの避難民が続々とハルビンに辿り着いているので、そのうち底を付いて、各自が自分自身で食べ物を調達しなければならない破目になるでしょう。お子さんがいるのでしたら、今、自分が持っている物を大切に保管しておいて下さい」

「分かりました。どうもありがとうございました」

（これで日本に戻れる、中国人のようだった生活から抜け出すことが出来るのだ。もう国豪を頼りにしなくてもいい。胸を張って満津子の母親だと言える生活が出来るようになる）

自分の体を売っているような今の生活から抜け出せることが、満津子を迎えるべく胡同に向かう私の足取りを軽やかにした。

石の門をくぐったとたんに、何処からか小さな石つぶてが飛んできて額に当たった。額に手を当てると、血が滲んでいるのが分かった。

「ニーチー、リイベンレン！（日本人、出て行け）」

大きく罵《ののし》る幼い声が聞こえてきた。

声のした方を見やると、いつも中庭で竹馬に乗って遊んでいる男の子が、もう一方の手にまだ小さな石を握ったまま私を睨みつけて立っていた。

「勝今《ジョンジン》！」

思わず名前を叫ぶと、身を翻して自分の家の中に入って行った。やっと学校に行き始めたばかりの小さな勝今にまで、日本人が憎いという大人の心が浸透しているのだ思うとやりきれなかった。傷の痛みより心の傷の方が深かった。今までは、満津子とも仲良く遊んでくれていたのに。

額から垂れて来る血が目に入り視界が霞んできた。

家の中に入ると、額の血を見て美鈴と満津子に饅頭《まんとう》を与えていた静芳が飛んで来た。彼女だけには何もかも打ち明けて、ここを離れることを伝えようと決心した。

額の傷はたいしたことはなく、手当てをしてくれたお陰で痛みも治まった。

静芳が勝今の親に抗議をしに行くというのを、これ以上、敗戦の惨めさを味わいたくないと思い必死で宥《なだ》めた。

「子供のしたことだから大袈裟にしないで」

日本人居留民会のことを話して、今から引っ越すつもりの決意を打ち明けた。国豪のことも全て打ち明けようと思ったが、さすがに言葉に詰まって出来なかった。そんな私の心を静芳は見透かしたようだった。

「紀代子、お義父さんのことも全て、私に言う必要はないのよ。黙って胸の中に仕舞っておいた方がいいこともある」

「静芳、ありがとう。皆に挨拶もせず、私はこのまま黙ってここを立ち去ってもいいかしら。恩知らずのようだけど」

「会えばまた、いろんなことが噴き出てくる。日本人出て行けって、近所の子供にまで石を投げられて紀代子は傷を負ったから、もうここにはいられなくなったって皆には言っておくわ。お金は持っているの」

「ええ、叔父さんから貰ったものが少しはあります」

「ちょっと待っていて」

身を翻して自分たちの部屋に入った静芳が再び現れた時には、桃色の小さな薔薇《ばら》が刺繍された、黒い繻子《しゅす》の財布を手にしていた。

「今、私はこれ位のことしか紀代子にしてあげられないけど、持って行って。そして、この財布を見たら私のことを思い出してね」

中には、私がこつこつと貯めたのと同じ位の札束が何枚か入っていた。

「静芳が一生懸命貯めたお金でしょう。いただけません。気持ちだけで本当に嬉しいです」

「お金は幾らでも必要よ。紀代子は満津子を連れて、遠い日本まで帰らなければならないんだから。私の夫から連絡があったの。戦争が終わったから、もうすぐハルビンに戻れるかもしれないって。だから、私はただ彼を待っていればいいの。夫が帰ってくれば働いてくれるから、またお金は貯まるわ」

私の手に無理やり光沢のある繻子の財布を握らせた静芳を、胸が一杯になってしっかりと抱き締めた。今までどんなに静芳に励まされてきたことか。四人も子供がいるのに、満津子のことも自分の子供のように可愛がってくれた。何の恩返しもせずに、静芳の元を離れて行くのは辛かった。

「離れる前に叔父さんには手紙を書いておきます。渡して下さい」

「ええ、紀代子にとってはその方がいいと思うわ。下手に引き留められて、修羅場にならないとも限らないから」

静芳は全てを承知しているような口調だった。それなのに、一切非難めいたことは口にしなかった。

家事の合間に、静芳が中国語の読み書きを教えてくれたから、簡単な文面なら自分にも中国語が書けそうだった。

「マァファン　ニーラ（お手数をおかけしました）」

「フェイチャン　ガンシェ　ニンラ（本当にありがとうございました）」

この言葉だけで、私の気持ちは分かってくれるはずだ。

借りた服を返そうと、自分の服に着替えようとしたら静芳に押し止《とど》められた。

「まだ中国人の男の子の恰好でいる方が安心よ」

「でも、返さないと……」

「そんな着古した服、なくなっても息子は文句を言わないわ」

「何から何までありがとう、静芳」

手を取り合った二人の間に美鈴と満津子が割り込んできた。私は美鈴を抱き締め、同じ様に静芳は満津子を抱き締めた。

再び巡り会うことがあるのだろうか。戦っていた国同士の者が、こんなにも心を通わせ合えることが出来るのが不思議な気がした。

どちらからともなく、別れの言葉を口にした。

「再見！」

「再見！」

二

静芳との別れは辛かったが、帰国の目処が付きそうなことで前途に希望が見えてきた。

六人も七人もいるような大家族には一部屋が与えられたようだったが、二人だけの私たちは広い講堂のような所で、ごろごろと雑魚寝しなければならなかった。大きな部屋の片隅に背負ってきた毛布を拡げて、足を伸ばして自分たちが寝られるだけの空間をとりあえず確保した。

日本への引揚げ船に一体いつ乗れるのか、誰にも分からなかった。

「頑張って一緒に日本に帰ろうね」

受付をしていた中年の男性、谷崎さんが満津子の頭をそっと撫でてくれた。日本語の意味が分かっているのかどうか、満津子はそれに呼応するようにコックリと頷いた。

大勢の子供たちがいる中で、一人だけ中国語を話す我が子は完全に除け者になった。

「どうして、ここに中国人の子供がいるの？　ここは日本人だけのための避難所よ」

子供たちのリーダーらしい中学生位の女の子が、非難するように大きな声を出して満津子を指差した。私は飛んで行って弁明し懇願した。

「中国人の中で生活していたから、まだあまり日本語が上手に話せないけど、間違いなく日本人なのでどうか仲良くしてやって下さい」

周りの大人たちも不審そうな眼で、中国人の身形をしている私たち親子を見ているのは確かだった。

満津子のためにも、遊廓にいた過去だけは誰にも知られたくなかった。避難民の中には男がほとんどいなかったし、顔見知りの人も誰もいなかったから私には幸いだった。

過去を隠すために、出来るだけハルビン在住の人たちとは接触しないようにした。もっと北の方、斉斉哈爾などの農村地帯から生死を分けた逃避行の末、避難して来た人たちと触れあう機会を持つようにした。

ソ連軍に追い立てられ、彼らは徒歩でやっとハルビンまで辿り着いたようだったから、全く何も持っていなかった。自分の命だけが唯一の財産だった。避難の途中に、飢えや病《やまい》で幼い子供を亡くしたという母親も何人かいて、子供の命さえ守ることが出来なかった母親の憔悴《しょうすい》振りは、見ていても痛ましかった。

「子供と一緒に避難出来て、あなたはいいわねえ。ここまで来る道中、何にも食べる物がなくなってしまってね。お腹が空いたと、ぐったりしてか細い声で泣いている子供に、通りかかった中国人が饅頭をくれたの。飢えで死なせるくらいならと、私は親切そうなその中国人に子供を預けてきてしまったわ。今でも、お母さんって叫んで、後を追おうとしていたあの子の声が耳にこびり付いている。もうすぐ五歳になるのよ。満津子ちゃんは何歳？」

川田さんと名乗る婦人が問い掛けてきた。

「もう少しで三歳になります。子供と別れなければならなかったなんて、どんなにお辛かったか……」

慰める言葉も見つからなかった。

ヤンビンが死んだと聞かされた時、満津子と松花江に飛び込もうかとさえ思ったあの日のことが思い出された。母親にとっては子供は自分の分身なのだ。自分だったら別れを選ぶより共に死ぬことを選んでしまったかもしれない。子供が生き長らえることだけを望んで、誰とも分からない中国人に我が子を預けた川田さんの強さに頭が下がった。

時が経つにつれて、避難民の子供たちと無邪気に遊び回っている満津子は、やっと中国語から抜け出して、日本語がかなり上手に喋れるようになった。日本語が上達するに従って仲間外れにされることもなくなってきた。

いつ終わりが来るのか収容所の生活は長引いた。食べ物は当然手に入り難くなり、当初、元気に遊び回っていた子供たちにも栄養失調の兆候が表れるようになった。

その上、北からの避難民が増えるにつれて、子供たちの間に麻疹《はしか》が蔓延《まんえん》し始めた。仕切りもない大部屋の中で、薬もなく、栄養状態の悪い子供たちは高熱に喘ぎながらばたばたと倒れていった。満津子も例外ではなかった。麻疹が因《もと》で亡くなる子供も出てきた。寄宿舎の中庭に、小さな墓標が一つまた一つと増えていった。

避難民の中に高齢の医師が一人いて診察してくれたが、ただ頭を冷やして水分と栄養を取り、体力を付けるようにと助言するしか手立てはないようだ。四十度もある高熱を下げる薬一つ医師の手許にもないのだ。

栄養を付けるどんな物が、私たちの手に入るというのだろう。

高熱が続き意識も朦朧《もうろう》としてきた満津子を前にして、ひたすら額のタオルを取り替えることしか他に為すすべがない。心の中で祈りながら必死に看病した。

(神様お願いです。ヤンビンだけでなく、満津子まで私の元から連れ去らないで下さい)

我が子にもしものことがあったら、自分も後を追うつもりだった。

ハルビンの街は、開拓団がある北の斉斉哈爾や佳木斯《チャムス》の方面から引き揚げて来る難民であふれた。私たちの住んでいる収容所はもう既に満杯の状態だったから、彼らは手続きを終えるとすぐにまた、何処か他の小学校へ移されて行った。子供たちに麻疹を置き土産にして……。

少し親しくなった川田さんも、私が満津子の看病に明け暮れている間にいなくなった。

今やハルビンの街は、雪崩のように一気に押し寄せて来たソ連軍に取り仕切られ、無政府状態だった。彼らは印刷が悪い、赤い薄っぺらな紙切れの軍票を勝手に発行し、商人たちに銃をつき付けて流通経路に乗せた。金銭の代わりに、軍票がはばを利かせるようになっていたから、幾らでも買い物が出来たのである。この軍票により調達された膨大な物資が、次々と貨物列車に乗せられてソ連領域に出発していると噂されていた。そのためなのか、物価は高騰《こうとう》してますます食料品は手に入り難くなった。

街中のあちこちに出来た俄か市場で、貴重な卵を高額でやっと手に入れた。少しでも栄養のある物を口に入れてやりたかったから、僅かな蓄えをもう使い果たしていた。後は、静芳から貰ったお金が少し残っているだけだった。

体中に赤い発疹が出た後、熱が下がり満津子は峠を越した。

「マーマ」

ぱっちりと眼を開けた我が子にはっきりと呼ばれた時の嬉しさは何物にもたとえようがない。

(助かった!)

満津子の病が快復した喜びに浸っている暇もなく、ソ連の兵隊たちが入れ替わり立ち替わり略奪のために寄宿舎にやって来た。

銃で脅し、少しでも金目になりそうな物は構わず奪って行く。特に時計に目がなくて幾つもの時計を、得意げに腕にぶら下げている兵隊を何人か見かけた。

静芳から貰った息子の服をまだそのまま着用していたから、ヤンビンの形見であるプラチナの指輪は、中国服の長い袖の裏側深くに縫い込んであった。避難民たちは有り合わせの衣服を身に着け様々な恰好をしていたが、中国服を着ている人はさすがにいなかった。

敗戦により今までの日本人の生活は一変した。抑圧されていた中国人の怒りが一気に噴き出してきたようだった。日本人は中国人に目の敵《かたき》にされたので、街中の雑踏で買物をするには、下手に日本人の身形をしているよりこの服装の方が何かと便利だった。中国語で話せば買物もし易かった。

ソ連兵たちは時計と同じように、日本人の若い女にも目がなかった。見つかると見境なく犯された。

こちらに向かって来る兵隊たちの硬い軍靴《ぐんか》の足音や、ガチャガチャと銃が触れ合う威圧的な音が聞こえると、女たちは我先に狭い天井や床下に隠れた。私はこの時二十二歳、若い女には違いなかったが、病がやっと癒えたばかりの幼い満津子を一人置いて、自分だけ隠れる決心がつかなかった。子連れにまで乱暴狼藉《らんぼうろうぜき》はしないだろうと、愚かにも自分なりに勝手に解釈して度胸を決め、足音が近付くのを怯えながら待った。

ソ連兵は避難民の中の男たちに銃を突き付けて怒鳴った。

「ダワイ！　ジェンシーナ（女を出せ）」

男だからとて、しょせん銃に逆らってまで無言を通せるほど人間は強くはない。

銃を胸元に突き付けられた谷崎さんが私の方を見て叫んだ。

「あそこに女が一人いる」

私は自分の耳を疑った。

初めて会った時、頑張って一緒に日本に帰ろうと労りの言葉をかけてくれ、優しく満津子の頭を撫でてくれたあの人が……。

谷崎さんの日本語の意味は彼らに充分通じたらしい。

満津子をしっかり抱いて、帽子も目深に被ったまま目立たぬように下を向いていたのだが、土足のまま近付いて来た三人の兵士の一人に、銃の先で顔を上向きにさせられた。背後に回ったもう一人の兵士がやはり銃の先で私の帽子を剝ぎ取った。いかにわざと汚れた顔にしているとはいえ、面と向かってまともにしげしげと見られたら、私が女であることは隠しようもない。

「ジェンシーナ（女だ）！」

「マーマ！　マーマ！」

泣き叫んでいる満津子をもう一人が銃で脇に押しのけ、二人の兵士に両脇を固められて引っ立てられた。

「谷崎さん、満津子のことをお願いします」

引き摺られながら夢中で叫んだ。彼が泣いている満津子をしっかりと抱き抱えてくれたのを目にして、ソ連兵に私を売ったのだから、娘のことはきちんと面倒を見てくれるだろうと安堵した。

天井に隠れている中学生と高校生位の娘が二人いた谷崎さんは、自分の娘たちを守るために多分私を犠牲にしたのだ。

銃で脅され、三人の屈強な男に取り囲まれている私にどんな抵抗が出来るというのだろう。無駄な抵抗をして銃で撃たれることを恐れた。満津子を残して死ぬ訳にはいかないのだ。我が子を孤児にするような真似は決して出来ない。

校庭の傍らにある薄暗い物置に連れ込まれ、冷たい板の間に乱暴に投げ出された。

日本人だけでなく、中国人やロシア人など、数え切れないほどの男を相手にしてきたのだから、今さら身を守る理由などあるはずもない。自分の命と引き替えにするほど、最早この体はきれいでも尊くもない。潔く覚悟を決めてロシア語で彼らに言った。

「私は抵抗しないから乱暴にしないで……。言う通りにするから、終わったら何か食べ物を与えて下さい」

突然ロシア語で発せられた思いもかけない要求に、一瞬彼らは驚いた様子だった。

「本当にお前は日本人か?」

私の身形を見て一人が訝しげに問いかけてきた。

「敗戦国の日本人を犯したって誰も何も言わないが、もし中国人だったら上の者に分かるとまずいぞ」

「それに、こいつはロシア語を喋ってるぜ」

いつもとは勝手の違った女の態度に戸惑っているようなソ連兵を前にして、もしかするとこの場を逃れられるかもしれないと、微かな望みを持った。

一番年上のように見える、背の高い大きな男が既にズボンを脱ぎながら言った。

「とにかく俺は若い女が欲しいんだ。日本人でも中国人でも何でもいい。しょせん、女には違いない」

無抵抗な私は押し倒されて下半身を剥きだしにされ、重くのしかかられた。彼の激しい動きと共に、板の間がぎしぎしと音をたてた。硬い板に押し付けられた背骨が、ばらばらになるような錯覚と内部を突き抜ける痛みにかろうじて堪えた。

最初の一人が満足そうに果てたのを見て、間を置くこともなく他の二人も次々と内部に押し入ってきた。下手に抗うより男のなすがままに体を委ねていた方が傷が浅くてすむのを遊廓で学んだ私は、眼を瞑って歯を食いしばり、嵐が過ぎ去るのをひたすらじっと待った。

まだ少年の面影をのこしているような最後の一人がズボンを穿き始めた時、下半身の痛みに耐えながらも必死にロシア語で叫んだ。

「何か食べ物を下さい」

絶叫しながら横たわっている体の上に、薄くて細長い四角の物が無造作に投げ出されて、三人のソ連兵は去って行った。

どの位時が経ったのかも分からなかった。のろのろと起き上がった私が手にした物は、巷ではめったに見ることの出来ない一枚のチョコレートだった。

三人の男を受け入れたのと引き替えに手に入れた貴重なチョコレート、食べ物が手に入り難くなった今、たとえ一枚でも有難かった。

落ち着いてくると、遊廓にいた時のように手許に洗滌器がないのが不安だった。とにかく洗い流さなければと、よろよろと便所に向かった。下半身に鈍痛が走り鉛のように重かったが、とにかく命だけは助かったのだ。

満津子のことが気掛かりだった。おそるおそる部屋に入ると、谷崎さんに抱かれていた娘が飛びついて来た。

「マーマ、マーマ」

「すまない」

谷崎さんは小さな声で頭を下げたきり、私と目を合わせようともしなかった。

天井や床下から這い出て来た女たちも含めて、全ての視線が自分に集中したのを感じた。殴打の跡もなく争った様子すら感じさせないような、外見上は無傷で現れた私に、冷たい軽蔑の眼差しが注がれるのをひしひしと感じた。

遊廓にいた自分には守るべき操などあるはずもないのに、それを守るために舌でも噛み切って命がけで抵抗することを彼らは期待していたのだろうか。

その事件以来、私たち親子はほとんど村八分のような状況に置かれた。親に言い含められたのか、子供たちでさえ、今までのように満津子と遊んでくれなくなった。

面と向かって言われた訳ではないが、大人たちのひそひそと話す声が嫌でも耳に入ってきた。

「隠れもしないで自分から体を提供したそうよ」

「何でも噂では中国人の妾をしていたらしいわ。だから、いつまでもあんな中国人の恰好をしているのよ」

「どうりで、ロシア人にだって平気でいられるんだわ。節操がないのね」

「あの子の父親だって、本当に戦死した日本人なのか怪しいもんよね」

一番恐れていた、触れてほしくないことが人の口の端に上っている。直接言われた訳ではないから、わざわざ出て行って否定するのも憚《はばか》られた。かえって疑いを深めてしまうだろう。満津子の父親はずっと、戦死した田村中尉ということにしてあった。

ソ連兵の略奪に怯えながら、難民収容所で三度の食事にも事欠く過酷な生活を過ごしている人たちに、私は面白半分の恰好の話題を提供したらしい。自分のことはともかく、子供まで村八分の話題にする皆の態度に怒りを覚えた。心中深く叫んでいた。

（私が犠牲になったから、あなたたちは助かったんでしょう）

もちろん、体と引き替えに手に入れた貴重なチョコレートを他の子供に分け与えることなど考えもしなかった。収容所の中では利己的にならなければ生き残っていけない。他人のことになど構ってはいられない。自分がどんどん嫌味な人間になっていくのを感じる。戦争は、常に生死の境目にある戦場で戦っている兵士だけではなく、一般の民間人の心も殺伐《さつばつ》とさせてしまう。

収容所をそっと抜け出して松花江の畔《ほとり》で、甘い香りのするチョコレートの一片を娘に渡した。

「あ、チョコレート！　パーパと出掛けた時買ってもらった」

満津子が感嘆の声を上げた。

思いがけず国豪のことが娘の口から飛び出して、一瞬戸惑った。

私を女として眺めることさえなかったら、決して悪い人ではなかったと今にして思う。

満津子には、自分を可愛がってくれた優しいパーパとしての記憶しか残っていないのだろう。

三

引揚げの話は一向に進展せず、日々、ソ連兵の略奪に怯えながら時は経っていった。

そのうち、所構わず略奪していた統率のない一般ソ連兵は来なくなり、日本人会も組織され、街中はいくらか落ち着いてきたように思えた。だが、ソ連軍は、今度は巧妙に日本人会を通して、様々な肉体労働を強いるために、働けそうな男たちの提供を命じてきた。男の日本人狩りである。谷崎さんも連れて行かれた。残された奥さんや娘たちが泣き叫んでいたが、私には何の感情も湧かなかった。

前途に希望の光が確約されていれば、人は困難にも耐えられる。だが、いつまでこの収容所で生活しなければならないのか、終わりが見えなかったから、皆の気持ちが利己的になり、自分のことしか考えられなくなってきたのも仕方がないことかもしれない。

十一月になると、松花江はもう凍結し始め、荷物を満載したトラックや馬車が氷上を行き交うようになった。

食品の調達もままならないのに、このだだっ広い大部屋で、これから訪れるハルビンの厳しい冬を満津子は乗り切れるだろうかと、それだけが気掛かりだった。

もう蓄えは僅かしかなかったが、娘の暖房用の衣服だけは用意しなければと、市場に向かった。無一文になったら、彼から貰った指輪をお金に換えるしかない。満津子に唯一残してやれる父親の形見だけは、出来ることなら肌身離さず日本まで持ち帰りたかった。

この頃、私は自分の体に異変を感じていた。もともと生理が不順な方ではあったが、こんなに長い間、生理がないのはおかしかった。国豪との交わりの後は必ず洗滌器を使用していたから、体の変調を感じたことはなかった。思い当たるのはあの三人のソ連兵しかいない。私は命が惜しかったから、逆らわず流されるままに彼らに身を任せた。チョコレート一枚と引き替えにした何かが、確実に自分の胎内で育っている予感に身が震えた。

難民収容所の中で銃で脅され、誰とも分からぬ者の子供を身籠った女はこの先、一体どうすれば良いのだろうか。相談出来るような相手は誰一人いない。突き上げて来る嘔吐感を皆に悟られないようにしながら、便所へ駆け込んだ。ひそかに堕すためにはどうすれば良いのか、まるで見当もつかなかった。

満津子を生む時には千歳屋のかあさんが全ての面倒を見てくれたから、私は何も考えずそれに従っていただけだった。でも、今は自分一人で何とかしなければならない。それも、出産とは全く異なる正反対のことに何とか対処しなければならなかった。どうすれば良いのか分からないままに時は過ぎていった。

一年中で最も寒い一月、気温は氷点下三十度にまで下がった。雪はそれほど多くないのだが、さらさらした粉雪が石畳の上を這うように舞ったかと思うと、僅かな風でそれらが今度は空中に舞い上がる。

満津子を寝かせ付けて、また嘔吐感に苛まされた私は部屋の外に出て、微かな明かりの下に乱舞する雪をただ茫然と眺めた。身も心も冷え切って、このまま雪の中に埋もれてしまいたいという幻想を、満津子を一人にする訳にはいかないとかろうじて振り切った。下腹部が冷え切って、流産すればそれは願ってもないことだと思ったが、さすがに長時間、外にはいられなかった。

澄み切った冷え冷えとした空気が幾らか暖かくなり、春の気配をうっすらと肌に感じられるようになると、暖かくなり始めた陽射しの下で松花江の川面は溶け始めて、夜になるとまた氷結する。それを繰り返し、ある日、ずしりと重い地響きのような音を立てて氷河が動き出す。厚い氷の塊は互いにぶつかりあいながら、遠くへ流れ去って行くのだ。氷河と共に、私もどこかへ流れ去って行きたかった。満津子がいなければきっとそうしただろう。

重い心と体を抱えながら為すすべもなく、春を迎えようとしていた。

幾らか腹部が目立つようになってきたと自分で感じたので、もともとは白かったが、洗い晒して黄ばんでしまったよれよれの割烹着を、いつも身に着けるようにした。腹部を隠すのには丁度良かった。私が妊娠しているなどとは収容所の誰も気が付かなかったようだ。もっとも皆、いかにその日その日の糧を得て生き延びるかだけに精一杯で、他人のことになど関心を払う余裕もなかったのだと思うが……。

昭和二十一年三月、中国国民政府軍が多数ハルビンに進駐して来たため、五月には横暴の限りをし尽くしたソ連軍は全て撤退した。

日本人狩りで連れて行かれた谷崎さんたちも家族の元に戻って来た。家族が抱き合って喜んでいるのを横目に、頼りにする家族など誰もいない私は複雑な気持ちだった。たった一人のかけがえのない幼い家族、満津子を何としてでも臼杵に連れて帰るのがあの人への供養だと思った。

もはや手の打ちようもなく、お腹の中の赤ん坊は一日一日と育っている。敗戦国の日本で、毛色の異なる赤ん坊を産み落としたらどんなことになるか、満津子への影響も考えると眠れない日々が続き、憔悴しきっていた。

収容所内では、街中の様々な噂が飛び交った。

中国は国連軍の支援の下、日中戦争には勝利したが、日本の敗戦と共に国民党と共産党の間に内戦が勃発したと言われた。

蔣介石率いる国民政府軍は、支援を受けている米国から流れ込んできた物資を高級幹部が横流しして私腹を肥やしているそうで、党内の規律も緩んでおり、国民からの支持はあまり得られていないと巷では囁かれていた。むしろ反発すら感じている中国人もいたようである。

通称八路軍と呼ばれている共産党軍がハルビンに侵攻して来ると、兵士たちを置き去りにして、国民党の幹部連は飛行機で長春へ向けて脱出してしまったという噂が飛び交っていた。

八路軍は、指導者の周恩来、毛沢東が兵士は民衆から愛されなければならないと言い、規律を正しくしたため、民衆の圧倒的支持を得てハルビンに入って来た。そして、治安もかなり回復した。

八路軍の手で、兵士たちには三つの規律と八つの注意を徹底させているという貼り紙が胡同の長い壁に貼られた。多くの人々が理解出来るように、安易な中国語だった。

三つの規律とは、

第一、命令には敏速に服従する。

第二、民衆からは針一本取ってはならない。

第三、敵や地主から没収した物は、全て公のものとする。

八つの注意とは、
第一、言葉遣いは穏やかにする。

第二、売り買いは公正にする。

第三、借りた物は必ず返す。

第四、壊した物は弁償する。

第五、むやみに人を殴ったり、罵ったりしない。

第六、農作物を荒らさない。

第七、婦人に淫らなことをしない。

第八、捕虜を苛めない。

これらを徹底的にまだ若い兵士たちに守らせているようだった。

日本軍やソ連軍の横暴さに辟易していた中国の民が、圧倒的に八路軍を支持したのも無理からぬことだっただろう。

彼らは装備も服装も貧弱で、粘り強いゲリラ戦で勝利を収めたと言われていた。

声高らかに「没有共産党就是没有新中国（共産党なしには新中国はない）」と歌い、整然と隊列を組み、キタイスカヤの大通りを行進する統制された八路軍に、民衆の間から拍手が湧いた。

果たして日本の軍隊はこれほど民衆に支持されていただろうか。皆が頼りにしていた関東軍は、満州に残された一般国民を助けることなく、私たちに何も知らせないまま、いつの間にか撤退してしまっていた。これでは、いち早くハルビンを逃げ去った国民党の幹部たちと変わりがない。

収容所の中の会話で、ソ連軍侵攻の情報が入ると、軍関係者の家族には充分な衣類や食糧品を積んだ特別軍用列車を仕立てて安全な場所に避難させ、いち早く日本に引き揚げさせたのだと初めて知った。

民衆の歓呼の声の真っただ中にいて、日本が中国との戦いに敗れた理由が分かったような気がした。

自分は裕福な華僑の出身だったのに、皆が同じような生活が出来るように、富は分け与えるべきだとヤンビンは主張していた。彼の目指したものはこれだったのだろうか。その死は報いられ無駄ではなかったのだと、スローガンに同調しながら隊列を見送った。

いるはずもないのに、もしやヤンビンが混ざっていないかと目を凝らして眺めた。

これほど統制の取れた八路軍がもっと早くハルビンに到着していてくれたら、私もお腹の中の小さな命に悩むような事態にはならなかったのかもしれない。

再びの祖国

一

昭和二十一年七月、やっと日中間で日本人引揚げ協定が結ばれ、日本人の引揚げが本格的に始まった。まだ中国全土では国民党と共産党の内戦の最中であったが、アメリカが仲介して一時休戦協定を結んだ。引揚げ船は、上海よりずっと北西にある遼東湾に面している半島の葫蘆島《コロトウ》から出航するということで、私たちは南に向けて出発することになった。

それまで身に着けていた中国服を脱いで、筒袖の短い上着ともんぺに着替えた。羅南を出る時、母が自分の着物を小柄な私の身の丈に合うように縫い直してくれた物だったが、上着ともんぺに縫い直して大切に所持していた。いろんな着物はとっくに食べ物に変わってしまったけれど、この矢絣の銘仙の着物だけは何とか手許に残していた。もう着古して、濃い紫色も藤色のように白っぽく褪せてしまったが、これを見るといつも母のことを思い出したから手放せなかった。ハルビンに向かったのが昨日のことのように思い出され、母への思慕が募った。

臼杵で母に会えることをひたすら願って、列車を待つ長い避難民の列に加わった。千人ほどの日本人が一車両に四十人位ずつ押し込まれて、何両にも繋がった長大な引揚げ専用列車に乗り込んだ。一応、客用の有蓋《ゆうがい》列車だったので雨露は凌げた。

ところが、長春で乗り換えさせられて、その後は屋根のない無蓋《むがい》列車に、まるで荷物のように否応なくぎゅうぎゅうに詰め込まれた。小さな子供など押し潰されそうだった。皆、自分たちの身を守るのに精一杯で、他人のことなどまるで眼中になかったから、大人たちに押し潰されないように自分が盾になって満津子を抱き抱え、必死に我が子を守った。私だとて、他の子供のことなど思い遣らず、満津子を守ることしか考えていなかった。

胎内で密かに命を育んでいる赤ん坊が、押し潰されて流産してしまえばいいと思ったのは、利己的な考えだっただろうか。父親が誰か分からなくても、少なくとも母親は私自身なのだ。紛れもなく満津子の弟、あるいは妹であるという厳然たる事実に、いつまで目を背けていられるだろうか。どこに投げることも出来ない重い鉛の玉を一人胸に抱えて帰国する私は、祖国の土を踏んでもどうやって生きていったらいいのか、今は皆目見当も付かない。

秋の訪れを感じさせる満州の風は冷たかった。

足を伸ばす空間もないほどの貨物列車の中で、飢えと疲労でぐったりとなっている避難民たちの頭上に、時折り冷たい秋雨が降った。屋根のない貨車では、雨から身を守る物など何一つあるはずがない。満津子を胸に抱き締めて全身で覆い、自分の背中全体で雨を受け止めた。しとしとと降る霧雨が、容赦なく首筋から伝い落ちてきた。

ヤンビンと交わした「我去臼杵」の言葉と満津子の存在だけが今は心の支えだった。臼杵に来ることなど絶対にないと分かっていながら、何か支えが必要だったから、彼の死を頭の中から追い払っていた。

手帳が残されていただけで、遺体すらなかったと聞かされていたヤンビンの死が、時が経つに従ってどうしても受け入れ難くなり、どこかできっと生きているに違いないと思い始めていた。自分自身に暗示をかけて奮い立たせていたのかもしれない。

西へ向かう数日間の移動中、何人かの老人や幼児が車内で息を引き取った。道中、僅かな停車時間しか与えられていなかったから、荼毘《だび》にふすどころか土中に埋めることさえ出来ず、彼らの亡骸《なきがら》はそっと線路脇に寝かされた。

「私はここに残ります。こんな寂しい場所にこの子だけを一人置いてはいけない」

涙ぐみながら絶叫している母親の姿があった。周りの者に宥めすかされて、引き摺られるようにしてやっと列車に乗り込んだ女の人を見た。

車中から小さな仏に向かって合掌《がっしょう》しながら、もしこれが満津子だったら、きっと自分だってそうしただろうと思った。どことも知れない満州の片田舎に、我が子と共に朽ち果てる道を選んだだろう。

有難いことに、麻疹で生死の淵を彷徨《さまよ》った娘は、雨露も凌げない過酷な旅だったにもかかわらず、葫蘆島まではとりあえず元気でいてくれた。

「お腹が空いた」「寒い」などの愚痴すら一言も洩らさず、最近は泣き声も立てなくなっていた。しっかりと母親の手を握り締めて、健気に耐えている姿が不憫《ふびん》だった。

私がソ連兵に引き立てられて行ったあの事件以来、満津子は母親の姿が見えなくなると極度に怯えた。何処に行くのにもしっかりと手を繋いで付いて来た。便所にさえ付いて来た。

「マーマ、そこにいるよね」

扉の外で必死に私の声を確かめた。母親の声を聞いていないと不安な様子だった。この子の小さな胸の中に、戦争は一体どんな後遺症を残したのだろうか。

葫蘆島は、赤茶けた地肌が剝き出しになった小さな山々が連なっている、殺伐とした場所だった。潤いのないその風景は避難民の心を一層暗くした。そこは中国共産党の支配下にあるのではなく、米軍が取り仕切っていた。

日の丸をたかだかと掲げた大きな船が現れた時には、避難民の間に歓声が上がった。日本の船が迎えに来たのだと錯覚したのである。敗戦国の日本にはもうそんな大型船は存在していないのだと、外地にいた引揚げ者たちは全く知らなかったのである。

引揚げ者のために、一週間位で急遽《きゅうきょ》造られたリバティー型という米軍の貨物船だと知らされた時に衝撃が走った。米国とは、たった一週間で貨物船を造り上げるほどの能力を持っている国なのかと……。

だが、電気溶接で鉄板を繋ぎ合わせただけで建造したという、間に合わせの貨物船の速度は遅く、揺れも激しいものだった。

船底に入れられて、ただごろごろと横になっている避難民の疲れ切った体に日本海の荒波は容赦なく打撃を与え、あちこちで嘔吐する苦しそうな声が上がった。満津子も私も例外ではなかった。もうすぐ祖国に帰るという希望がなければ、この船旅は過酷極まるものとなっただろう。

辛さに耐え兼ねて、若い娘が甲板から海に飛び込んだという話が人々の口の端に上った。その娘は明らかに身重だったという。

「開拓団があった最北の町、佳木斯から避難して来る途中にソ連兵に犯されて妊娠していたそうだ」

「日本に着いても、そんな体ではおめおめと故郷には帰れなかっただろう」

「万が一、白い肌の金髪の赤ん坊が生まれたら、どうせ親子共々生きてはいられなかっただろうよ」

「前途を悲観して身を投げたのも無理はない」

避難民の男たちの間で、若い女の身投げがまるで当たり前のように噂話にされている状況にいたたまれなかった。まるで自分のことを言われているようだった。何の関係もない人々にとっては、しょせん、どうでもいい人ごとなのだ。特に男に、そんな状況に置かれた女の苦悩など分かるはずもない。

これまで何とか頑張ってきた満津子も、船酔いの絶え間ない吐き気とその上下痢が重なり、また高熱に喘ぐようになった。

船の中で命を落とした者は、そのまま海に投げ込まれて無数の泡となり海中深く消えた。手向ける花束一つ私たちの手許にはなかった。

日本を前にして、自分たち親子にはもう海の中しか住むべき所は残されていないのだろうか。もちろん、そんなことになったら満津子一人を行かせはしない。いよいよこの世との別れの時が来たら、自分も満津子を抱いて海中に飛び込む覚悟はとうに出来ていた。

意識のある間にせめて甲板で清々しい海の空気を吸わせてやりたいと、必死に願い出て、ほんの束の間船底を出る許可をもらった。ぐったりとした娘を抱き抱えるようにしてやっと甲板に出た。果てしなく頭上に拡がった青空は日本まで続いているというのに、船は遅々《ちち》として進まない。空を見上げている私の頰から幾筋かの涙が伝い落ちた。せっかくここまで辿り着いたのに、満津子に故国の土を踏ませるのは難しいのかと嗚咽した。

たまたま通りかかった乗組員が、涙ぐんでいる不審な親子連れに気が付いたらしい。声を掛けられた。

「どうしたのですか」

「娘が高熱で……」

涙の跡を拭うこともなく、ほとんど上の空で呟いていた。

満津子の額に手をやった男性は驚いた様子で、待っているようにという言葉を残して急いで走り去った。五分と待つ間もなくすぐに戻って来た。

「これはアスピリンという解熱鎮痛の特効薬で、船員たちには特別に支給されていますが、今の日本ではなかなか手に入りません。大人用なので半分に割って飲ませて下さい。日本に着くまで何とか頑張れば、引揚げ船が着く博多港には医師も待機していますから」

「ありがとうございます。でも、そんな大切な薬を頂いていいんでしょうか」

「僕は健康なので薬のお世話になることはほとんどありませんから、お子さんに使って下さい。あなたも体を大事にして頑張って下さい。もう少しの辛抱です」

にっこり笑って、白い錠剤と水の入ったコップを手渡してくれた。

人の心の温かさが身に沁みて、涙ぐみながら両手でその薬とコップを押し頂いた。

（もうすぐ日本よ。満津子、死なないで頑張ってね）

心に念じながら、半分に割った錠剤を口に含ませた。

祈りの甲斐があって薬が効いた。五時間ほど経つと汗をびっしょりかいて、体全体から発散されている熱気が薄らいできて、呼吸も穏やかになった。徐々に熱が下がり始めたのが感じられた。また助かったのだ。二度も生死の淵を彷徨いながら何とか切り抜けて、今、満津子は初めて祖国の土を踏もうとしている。

（お祖母ちゃんに会えるかもしれないのよ）

娘と自分自身に呼び掛けながら、気持ちを奮い立たせたが、あれほど願っていた帰国がいざ目の前に迫ってくると、様々な不安が心の中を過《よ》ぎった。果たして母や弟、妹たちは無事に羅南から帰国しているであろうか。身重である自分を受け入れてくれるだろうか。

ただ故郷というだけで、何の当てがある訳でもない臼杵で、満津子を守って生活していけるのか、思いは千々に乱れた。

二

うとうとと眠られぬ夜を過ごした私の耳に、明け方、大きな声があちこちから聞こえてきた。

「博多だ、博多に着いたぞ」

博多湾内に入って来ると、波は穏やかになった。

満州のぴりぴりとした肌を突きさすような冷気と違い、幾らか湿気を含んだ穏やかな微風が頰を撫でた。

「ああ、これが日本の風だわ」

懐かしい空気にしみじみと浸ったが、空襲を受けたせいだろうか、眼前には焦土と化した赤茶けた博多の街が迫って来た。これがあれほど恋い焦がれてきた祖国なのか、頭の中に描いていたのはもっと緑豊かな国であったはずと、眼に映る荒れ果てた街並みが信じられなかった。

下船時に何か紙を渡された。若い女たちを対象にそっと配られているようだったが、まだやっと病から癒えたばかりの満津子のことで頭が一杯だったので、後で見ようと取りあえず紙を懐に仕舞った。

娘を背負って瓦礫《がれき》の街並みを抜け「厚生省博多引揚援護局」の看板が出ている大濠公園収容所に向かった。

博多の婦人会の人たちから、大人を始め子供たちにも蒸《ふ》かしたてのさつま芋が一本ずつ手渡された。満津子は一言も喋らず貪るように食べ始めた。

「おいしかった」

食べ終えてからやっと満足気に言葉を発した。こんな幼児にまで、空腹は我慢するものだと思わせていたのかと切なかった。

土地の人々の温かい心遣いが身に沁みた。この人たちのように、祖国でやっと私も人間らしい心を取り戻すことが出来るかもしれないと思った。

人の生死が関わっている戦争の渦中では、生きることだけが全てに優先される。人間らしい心など心中深く仕舞ってしまわなければ、自分が生き延びることが出来ない。「衣食足りて礼節を知る」と言うが、衣食どころか自分の命までもが不確かな状況に置かれている時、礼節を重んじることなど不可能なのだ。

引揚げ者は検疫の名の下に、二日間留め置かれた。その間に様々な手続きが為され、子供も含め全員が頭から白い粉を振りかけられた。虱《しらみ》を駆除する殺虫剤だと聞かされた。確かに何日も風呂にも入れず、垢だらけになっていた引揚げ者たちの間には虱が蔓延していた。私と満津子だとて例外ではなかった。

引揚げ船の中で、虱による発疹チフスが流行らなかっただけでも幸いと言わなければならない。

女性の係員が一人近付いて来て、耳元でそっと囁いた。

「下船の時、何か紙を貰いませんでしたか？」

「あっ、貰いましたけどまだ読んでいません」

「今すぐ読んでみて下さい。女性の方の中で、体に異常を感じている人たちに関係あることが書いてあります。もしかすると心当たりがあるのではないかと、ちょっと気になったものですからお声を掛けてみました」

すぐに慌ててその紙切れを読む私の腹部を、その女性はじっと見詰めていた。

「不幸なる御婦人方へ至急御注意！

皆さん、ここまでお引揚げになれば、先ず御安心下さい。

今日まで、数々の厭な思い出もおありでしょうが、万一これまでに、心ならずも不法な暴力や脅迫により体を傷付けられたり、又は、体に異常を感じている方は、再生の祖国、日本上陸の後、速やかにこれまでの経過を、内密に忌憚《きたん》なく打ち明けて御相談下さい。

本会は、このような御不幸な方々を、知己《ちき》にも故郷へも知られないように、博多の近くにある温泉に設備した診療所へ収容し、健全な体にして、故郷へご送還致しますので、臆せず、懼《おそ》れず、ご心配なくお申し出下さいませ」

思わず腹部に手をやっていた。まさしく自分に関係していることではないか、私のような思いを抱えている女たちが引揚げ者の中に何人かいるということなのだ。

「私の余計な思い過ごしなら良いのですが……」

慎《つつ》ましやかに係員は言った。

「いいえ、そのことでずっと悩んでいました」

「では、診療所の方へご案内します」

「あのう、娘はどうすればよいのですか」

「ご一緒で構いません。面倒を見てくれる者がおります」

博多港から車で数時間揺られて武蔵温泉という所に着いた。「二日市保養所」と看板が掲げられている場所に連れて行かれた。

ひっそりとしたひなびた温泉地で、収容された木造二階建ての大きな建物は、もしかすると以前は旅館だったのかもしれない。広々とした浴室にはいつも温泉が湧いており、生まれて初めてゆっくりと満津子と入浴して寛いだ気分になった。

「マーマ、気持ちいいね」

ハルビンでの生活はシャワーばかりで、湯船になど入ったことのない満津子の満足そうな呼び掛けが面映ゆかった。係員に妊娠していることを気付かれなかったら、多分、こんな恩恵に浴することはなかっただろう。

見渡すと、渡された手拭で膨らんだ腹部を被いつつ何人かの女たちが湯に浸っていた。頭を丸坊主にしている人もいたから、裸でなければ女とは分からなかったかもしれない。薄暗い電灯の下で一様に下を向き、お互いの顔を見ようとはせず、誰も一言も発しなかった。満津子のはしゃいだ幼い声だけが広い浴場にこだました。子供を連れているのは私だけだった。

脱衣所で衣服を着替え終わった私に、遠慮がちに後から話し掛けてきた人がいた。

「間違ってたらごめんよ。もしかしてあんたは紀代子さんじゃない?」

「えっ! 私は紀代子ですけど、あなたは?」

髪が少し伸び始めてはいたが、明らかに坊主頭の背が高い女の人がじっと見詰めていた。

「やっぱり紀代ちゃんだったんだ。こんな恰好じゃ誰だか分かりゃしないよね。千歳屋で一緒に下働きしてた八重子だよ」

あの頃の、色白でふっくらとしていた大柄な八重子の姿が瞼に浮かんだ。

今、眼の前にいる女の人は頬骨がこけ肌もいくらか黒ずんでいて、背だけは同じに高かったが、一目見ただけではとても八重子とは思えなかった。確か私と同じ年齢だったはずなのに、額にはうっすらと小じわさえ浮かんでいた。だが、しげしげとその顔を眺めてみると、義理の父親に売られて、シベリアと満州の国境にある街、満洲里の遊廓まで流れて行った八重子の面影が確かにあった。

「八重ちゃん、八重ちゃんなのね」

どちらからともなく歩み寄り、思わずお互いの両手を握り締めていた。

「こんな所で、声を掛けようかどうしようか迷ったんだけどさ」

「ずっと八重ちゃんのことが気になっていたから、何処でだって、会えて本当に嬉しい」

「ありがとう。私なんかのことを気にしていてくれた人がいたのを知っただけでも、声を掛けてみて良かったよ」

満津子をそっと見やり、聞いてきた。

「結婚したの?」

「ううん、結婚する約束だったけど、相手は南方で戦死してしまったの」

またしても、八重子にさえ嘘をついた。満津子の父親はあくまで田村中尉でなければならなかった。

「そうか、戦死したのは残念だけど、でも、いい人が見付かったんだね。私は男を好きになることなんか出来なかった。誰一人も……」

改めて気を取り直すようにして、満津子を眺めながら八重子は呟いた。

「紀代ちゃんには好きだった人の忘れ形見が残ってるから、支えがあっていいな。私ね、明日手術なんだ。風呂に入る時間は、手術前の人と後の人と分かれているみたいだから、手術の後はもう会えないよね。ここを出たら他に行く所もないから、多分、青森の田舎に帰ることになると思う。いい思い出は何もないけど、やっぱり故郷だもんね」

私は控えめにそっと尋ねた。

「お父さんは?」

「私が満洲里に住んでる間に、アル中で亡くなったらしい。こんなことを言うのは親不孝かもしれないけど、正直、有難いと思った。これでやっと一人になれたと思ってね。紀代ちゃんはどうするの」

「私は大分県の臼杵に帰るつもり。何も当てはないんだけど、やはり故郷だから。落ち着いたらまた会えるかしら」

「そりゃあ、連絡取ってまた会いたいけど、私たちは満州のこともここでのことも、全部忘れなきゃいけないんだよ。戦災で荒れ果てたこの日本で、一から人生をやり直さなきゃいけないんだ。だから、もうお互いに会わない方がいいのさ」

お互いの妊娠のことなどには何も触れず、八重子は蓮っ葉な口調で分別ある言葉を吐いた。言葉の端々にも容姿にも、私よりもっともっと苦労をした様子が察せられた。

「男を誰も好きになることなんて出来なかった」と言い切った八重子の言葉に、今までの苦労の片鱗《へんりん》が窺われた。

「私たちはまだ若いんだ。私も頑張るから紀代ちゃんも頑張るんだよ」

また手をぎゅっと握り締めてくれ、後ろを振り返りもせず去って行った。

数日、安らいだ日々をすごした後、目隠しをされて、ろくに麻酔薬もない過酷な環境の中で手術台に上がった。もう七ヶ月を迎えようとしていた私は、事前に陣痛促進剤を飲まされた。

「私にはまだ幼い娘がいます。これで死ぬことはありませんよね」

何度も医師に念を押した。

「今の日本では中絶は違法ですが、戦争で不幸な目にあった皆さんを助けたいので、帝大医学部の医師たちが密かに自主的に立ち上がったのです。絶対にお助けします」

きっぱりとした口調の自信に満ちた医師の言葉に、安堵して全身を委ねた。

「大丈夫よ。お医者さんを信じて」

自分の母親位の年齢の看護婦が、しっかりと手を握って励ましてくれた。

満津子を置いて死ぬ訳にはいかないと、歯を食い縛り、体の内部が切り裂かれるような激痛に耐えた。看護婦の手を握り潰したのではないかと思うほどに、我知らず強く握り締めていたのだが、看護婦は我慢して最後までじっと私の手を握っていてくれた。

意識も朦朧としてきた私の内部から何かが取り出される気配があって、一瞬、体の中が軽くなったような気がしたが、そのまま気を失った。

二階の大部屋にずらりと敷かれた布団の上で、気が付いた私の手はまだ誰かに握られたままだった。しっかりと握ってくれている小さな手の、温かい感触が伝わってきた。

「マーマ、マーマ」

不安そうなか細い声の持ち主は娘だった。

「満津子、そこにいるのは満津子なのね」

愛おしい小さな手を握り返して、自分が生きている感触を確かめた。

部屋には満津子の声だけがして、布団の上に寝ている女たちの間からは何の声も聞こえなかった。皆は目を瞑りひたすら沈黙を守っていた。時折嗚咽の声だけが漏れ聞こえた。自分の惨めな姿を見られたくなかったから、目を瞑ることで他人の姿も見ないようにしていたのだろう。

私の体から取り除かれた、もう男女の性別も分かっていただろう小さな命はどこへ葬られたのか、看護婦に尋ねずにはいられなかった。

「あのう、赤ん坊は男だったのでしょうか、それとも女ですか？　そして、どこへ葬られたのでしょうか？」

「あなたは何も知らない方がいいのよ。知れば辛くなるだけ。満州でのことは皆忘れて、これからは前だけを見詰めて歩いて行くのよ。あなたにはこんなに可愛い娘さんがいるんですもの」

優しく諭すように言われ、何も教えてはもらえなかった。

さめざめと泣きたかったが、満津子の前で泣き顔を見せる訳にはいかなかった。あふれそうになる涙を必死に瞳の底に押し留めた。

自分が生きていくために、私は我が子を犠牲にしたのだ。どんな事情があったにせよ、半分は自分の分身であったのに、進んで見殺しにしてしまった。せめて葬られた場所に手を合わせて謝罪し、冥福《めいふく》を祈りたかった。一つの命を闇に葬り去ったのだから、一生この咎《とが》を背負って生きていくことになるのだろう。

手術後、一週間はこの保養所で養生出来るようになっていたが、医師、看護婦以外とは誰とも口を交わすことなく、時は過ぎていった。そして、お互いが何も知らぬ間に皆、それぞれ思い思いの土地へ発って行った。

もちろん、八重子も私の知らない間にいつの間にかいなくなっていた。

傷心の私たちを少しでも慰めてやりたいという配慮なのか、保養所の部屋には小さな音量でラジオが流れていたのだが、特に耳をすませて聞いたことはなかった。

翌日には保養所を出て行く段取りになっている最後の朝、「尋ね人の時間です」というアナウンサーの声を何となく聞いていた。

「旧満州国、ハルビン市にお住まいだった娘さんの岡島紀代子さんを、大分県臼杵にお住まいの岡島ハルさんがお捜しです。お心当たりの方は日本放送協会『尋ね人』の係までご連絡下さい」

耳に届いたアナウンサーの言葉に思わず絶叫した。

「お母ちゃん！」

朝鮮から無事に引き揚げて来て私のことを捜しているのだ。とにかく臼杵に行けば母に会える。打ちひしがれて無気力になっていた心が高揚した。

「もうすぐお祖母ちゃんに会えるのよ！　会えるのよ、会えるのよ」

思わず傍らの満津子を抱き締めて、何度も何度も呟いた。

三

弾む心で二日市保養所から博多へ戻り、門司に向かう列車に乗り込んだ。臼杵に行くには日豊線《にっぽうせん》に乗らなければならないが、そのためには、いったん北上して小倉で乗り換える必要があった。

無一文で日本の土を踏んだ私たちには、それぞれの、郷里までの列車の切符と引揚げ者だけのための外食券が特別に引揚げ援護局から渡された。

車内は大きなリュックを背負った人々で、隙間のないほど埋めつくされていた。小さな満津子はリュックの下で押し潰されそうだった。

「そこん子、うちの膝の上に座らせたら良かばい。早うこっちさ来んさい」

突然、少し離れた座席に座っていた老婦人から声を掛けられた。

「有難うございます」

ほっとして、その婦人の好意に縋ることにした。

「幾つになると?」

見知らぬ人の膝に抱かれた満津子は、硬くなっていて、聞き慣れぬ方言に戸惑っているようで何も答えず下を向いてしまった。

「もうすぐ三歳になります」

代わって私が慌てて答えた。

「お母ちゃんと一緒で良かとね。うちにも四歳の孫がおったけんど、東京の大空襲で母子共々亡くなってしもうたとよ」

そっと目頭《めがしら》を拭っている姿に、どう慰めの言葉を掛けたらいいのか分からなかった。

「東京に住んでいられたのですか」

「結婚して娘は東京に住んでたとばい。婿は兵隊に取られちしもうたんで、こっちに疎開するよう言うとったとこじゃった。婿が復員して来ても肝心の妻子が死んでしもうたんじゃ何もなりゃあせん」

話している間に胸が一杯になったのか、懐から黄ばんだ手ぬぐいを取り出して涙ぐんだ顔を拭った。

国民の皆に辛い思いをさせてまで起こした戦争に、どれほどの大義名分があったのだろうか。僅か四歳でこの世を去った孫に同情しつつも、我が子が自分と共にある幸せをしみじみと噛み締めた。その上、もうすぐ母にも会えるのだ。

「お父ちゃんは居なかと?」

気を取り直して満津子に尋ねる老婦人の問いに、すかさず応答した。

「戦死しました」

父親に関しては、絶対に誰からも問われたくなかった。

「ほうかい。うちと反対なんじゃやねえ。うちは婿だけが生き残り、あんたんとこは妻子が生き残ったんじゃやねえ。辛かろうけんど、あんたはまだ若かけん、子供のために頑張りんしゃい。ほな、うちは次の駅で降りるけん、あんたはここに座ったら良かと」

博多弁と大分弁の違いがあるにせよ、満州であれほど忘れようと努力した訛りのある言葉が温かく心に響いた。ほんのひととき、老婦人と交わした言葉に勇気付けられた。

戦争により、悲しみの淵に置かれているのは自分だけではないのを実感した。誰もがそれぞれに辛い気持ちを押し隠して立ち上がり、何とか生き抜いていこうとしている。

十四歳の記憶の底にあった自分の国は、小さな山々が連なった緑豊かな土地だった。二十三歳の今、自分が眺めている日本は、地肌が剝き出しとなりあちこちに建物の残骸が積み重ねられていて、敗戦の名残が至る所に感じられた。

(誰が日本の国土をこのように変えてしまったの?)

母親に会えるという期待感で心は満ち足りていたが、その反面、個人の力ではどうしようもない、国に対する空虚さと無力感が胸一杯に拡がった。とにかく私はこの祖国で、満津子と共に生きていかねばならないのだ。

未来を背負っている子供たちのために、私たち大人が何とかこの日本を立て直していかねばならない。

乗り換えた日豊線の列車は客車ではなかった。

主要な都市の至る所を爆撃され、戦災で何もかも失ってしまった今の日本では、おそらく客車も満足に走らせることは出来ないのだろう。荷物を運ぶ貨物列車のようだったが、屋根はきちんと付いていた。ただ箱型の空間のみがある列車だった。満州で無蓋列車の過酷な旅を経験してきたから、屋根が付いているだけでも有難いと思えた。

乗客は思い思いに、立っている人、床に座っている人と様々だった。

片隅に風呂敷を拡げて満津子を座らせ、傍らに私も足を抱えて座り込んだ。まだ下半身に微かに手術後の痛みが残っており立っているのは苦痛だった。

この列車は今、あの懐かしい故郷に向かって走っているのだと思うと心が逸《はや》ったが、心中に棘《とげ》のように突き刺さっている、葬り去った赤ん坊への惜別の心は癒されなかった。いずれ、体の痛みがすっかり和らいだ時に、幾らか自分の心も癒されるのだろうか。

（ヤンビン、いよいよ臼杵に行くわ。会いに来てくれるわよね）

母親と会える希望の光が射してきたにもかかわらず、叶うはずのない願いと分かっていながら、なおも私はヤンビンとの逢瀬《おうせ》に縋り付いていた。

骨壺には手帳だけが入っていて、遺骨の一片もなかったと聞かされた時から、広い満州の荒野のどこかで、彼は生きているように思えたしそう願っていた。

列車が下って行くに従って殺伐とした瓦礫の山は少なくなり、懐かしい緑の山々が目に触れるようになって心が和んだ。都会とは異なり、田舎の方は戦災を免れているのを間近に見て、生きる希望がひしひしと湧いてきた。

頭をしっかりと母親の胸に預け、すやすやと寝ているヤンビンからの宝物をそっと抱き寄せた。満津子のあどけない寝顔が、ひととき、心の安らぎを与えてくれた。

何か確固たる実体がある訳ではないが、ヤンビンへの微かな望みと母との再会を胸に秘し、抱けるだけの勇気と希望をしかと脳裏の奥に刻みつけて、ガタガタとひたすら南に向けて走っている列車に、私はこれからの自分の人生を委ねた。

エピローグ

父との間に五人もの子供を授かったのに、戦後、母の元に残されたのは私と雅子だけだった。

北朝鮮からの引揚げも苛酷を極めたらしい。

昭和二十年八月初旬、ソ連軍は空爆と共に雪崩のように侵攻して来て、激戦の末、関東軍は撤退し、一般民間人はそのまま置き去りにされてしまったそうだ。

母たちは日本に帰るべく避難民となって一路南を目指したが、京城《ソウル》に辿り着くまでに、弟の孝次は栄養失調の上、発疹チフスに罹《かか》り死亡した。そして、養女にやった和子一家の行方は、ようとして分からなかったと母から聞かされた。

母は「尋ね人の時間」に何度も和子の行方を依頼したが、とうとう分からないままで、おそらく一家もろとも北朝鮮の土になったのだろうと推測するより仕方がなかった。

少年航空隊に入った順一は、終戦と共に、朝鮮からそのままシベリアに抑留されたと家族には伝えられていたが、暫《しばら》くは生死の程も判明しなかった。

戦死したのでないのなら、いつかは家族の元に帰って来ると祈るような気持ちで待っている私たちの所に、シベリアで病死したという知らせが届いたのは、私が臼杵で生活を始めた一年目のことだった。母の憔悴振りは、あまりにも痛ましくて見ていられなかった。国のために尽くすんだと勇んで入隊した弟が、戦争は終わったというのに、何故、日本とは何のゆかりもないシベリアなどという未知の地で死ななければならなかったのか、私には到底納得がいかなかった。敗戦後すぐに日本に帰されていれば、たとえ病気になったとしても、せめて自分の国で家族に囲まれて末期を迎えただろうにと、悔やんでも悔やみきれなかった。

広いシベリアの大地の何処で亡くなったのか詳細に知らされることもなく、ヤンビンの時のように、遺骨の一片すら家族に渡されることはなかった。

ヤンビンの死を受け入れられなかったように、順一の死も受け入れられなかった。日本であれ中国であれ、国家の前には一個人の死など何の価値もなく、歴史の中に埋もれていく。幾多の家族の悲しみを乗り越えて、国としての権力は守られ、時は移ろい通り過ぎていく。

帰国後、母親にさえ真実は語らなかった。子供の父親は戦死した田村中尉で押し通した。

ヤンビンとハルビンでの生活は全て私一人の胸に秘めて、日々の生活の糧を稼ぐのに追われていた。

ハルビンで一生懸命習得した中国語とロシア語は、臼杵で生計を維持していくためには何の役にも立たなかった。それどころか、国の政策も影響して、戦火を免れた古い城下町の田舎の土地では、「赤の国の言葉」として忌み嫌われた。国内の各地を進駐軍に提供しなければならなかった日本では、英語の能力だけが重宝がられた。

ヤンビンの思い出と共に、二ヶ国の言葉を私は胸中深くに封印した。

子供の世話は母親に任せて、臼杵で一番大きな料亭で、昼は女中、夜は仲居として日夜懸命に働いた。

あなたが学校に上がる年齢になった時、戸籍をきちんとしなければいけない、私生児のままでは我が子の将来を傷付けることになるかもしれないと、あなたの父親になれる人を真剣に捜した。

縁があったのだろうか、その料亭に、あの懐かしい橋本先生が教職員の集まりで客として訪れて私たちは再会を喜び合った。

「引っ越した長崎で俺は召集されたと。残された妻と十歳、八歳の子供はあの原爆で即死した。俺は戦地で足を負傷して引き摺って歩くしか出来んようになったけんど、無事に帰還したがや。けんど、待っちょる家族は誰もおらんかった。長崎にいるのは辛うて、こん地に戻って来たと」

列車で一緒になったあの婦人の息子と同じだった。妻も子も失い、自分一人だけが生き残ったのだ。

私も夫となるべき人は戦死したと、いつものように同じ言葉を繰り返した。二人の魂が寄り添い、一緒に家庭を築きたいと願うのに時間は掛からなかった。

昌之は三十七歳、私は二十五歳、あなたが五歳の時に結婚した。続いて妹の雅子も、昌之が紹介してくれた若い後輩の教師と結婚した。

あなたにきちんとした父親を作ってやれたことで、私はどんなに安堵したことか。そして、誰よりも二人の結婚を喜んでくれたのは母だった。何の技量もなく、料亭で日夜働いていた私と、雅子までもが教師の妻となり、安定した主婦の座を得たのだから……。

昌之は真の自分の分身を欲しがっていたが、私たちの間に子供は生まれなかった。

夜毎、遊廓で何人もの男を相手にして身を削るようにして生きてきた。それに、あの保養所で葬り去った幼い命が、私の子宮に何らかの後遺症を残してしまったらしいと薄々感じていたから、もう妊娠することは出来ないのではないかと憂慮していた。望まなかった子供を闇に葬ってしまった罰を受けているのかもしれないと思った。無論、夫にそんな事情を話す訳にはいかなかった。

何回か妊娠はしたが全て流産してしまい、もう二人の間に子供は恵まれないと分かってから、昌之は私たち親子に辛く当たるようになった。

かつての優しかった橋本先生ではなかった。

「誰んお陰でお前たちは生活出来とる思うちょるんじゃ！　俺がお前たちを養っとるんじゃぞ」

自我が確立してきた思春期のあなたが、そんな父親に反発しないはずはない。

「私たちが人並みに生活出来るのも、あなたが学校に行けるのも、皆、お父さんが働いてくれるからで、お父さんの言う通りなんだから我慢してね」

母親のハルまで扶養してもらい、昌之に対して負い目のある私は、ひたすら娘に我慢を強いてきた。あなたの目には、どんなに不甲斐ない母親に映ったことだろうか。だが、世間的にはあなたは教師の娘として何不自由なく生活出来ていたのだから、私は満州でのことは全て心に秘してひたすら夫に仕えた。

浴びるように酒を飲んだ後の昌之が、仏壇の前で一人号泣していたのを垣間見たことがあった。私が胸中深くヤンビンの面影を仕舞い込んでいるように、夫も原爆で失った家族を忘れられないでいるのだ。

私には満津子がいるのに、昌之に新しい命を与えてやれなかった自分の非を心の中で詫びながら、自分を殺して生きてきた。

ハルビンでの生活を思えば、日本の穏やかな気候の地で家族に囲まれて生活しているのがどんなに幸せなのかと、自分自身に言い聞かせて全てを堪えた。

一九七二年九月、田中角栄氏が首相だった時、北京を訪問して周恩来《シュウオンライ》氏と日中共同声明に調印し、敵味方に分かれていた日本と中国との仲がやっと修復した。それまで、共産圏のソ連は「鉄のカーテン」、中国は「竹のカーテン」と呼ばれ、全く国状を窺い知ることは出来なかった。

その時、私はもう四十九歳になっており、昌之との生活を全うしていたにもかかわらず、国交が回復されたのなら、いつか、いつか、ヤンビンが臼杵を訪れるかもしれないなどと、儚い夢を捨て切れないでいた。

だが、単に国交が回復されたというだけで、中国が本格的に開放政策を実施し、民間人が両国の間を自由に行き来するようになるまでには、また長い年月を要した。

あれは忘れもしない、昭和五十九年、還暦も過ぎて自分が老いへの道を進んでいるのを自覚するようになった頃だ。

母は既に亡くなり、あなたも嫁ぎ、三人の孫にも恵まれた。

脳梗塞を起こし半身不随となり言葉を発するのも不自由になって、その後、パーキンソン病と診断された夫の介護に、私は明け暮れる日々だった。

上海から一通の手紙が私の元に送られてきた。封筒を裏返すと、忘れもしない愛しい名前、李炎彬の三文字が眼前に飛び込んできた。

やはりあの人は生きていたのだと、封を切るのももどかしかった。

日本語で書かれていたが、明らかに手の震えが伝わるような字の乱れが目に付いた。

冒頭の「色即是空、我去臼杵」の文字が涙で霞んで見えた。私たち二人だけに通ずる合言葉だった。

「色即是空、我去臼杵。

この誓いを果たせなくなった自分を許して欲しい。

負傷して生死不明の時期があったので、国民党からは戦死したと報じられていたが、実は八路軍に助けられて何とか生き長らえた。だが、十年以上もの長い間、強制収容所に収監されていて自由の身ではなかったから、自分の身内以外の誰とも連絡を取ることが出来なかった。

やっと釈放されて自由の身になったと思ったのも束の間、一九六六年から国中を文化大革命の嵐が吹き荒び、かつて国民党に関わっていた私は、一番下の身分、黒五類に分類されて僻地《へきち》に下放《かほう》された。一九七二年に日中の国交が回復されたのも知らず、いつか臼杵に行けるのだけを念じて、厳しい労働に堪えながら、革命の嵐が通り過ぎるのをじっと待っていた。

一九七六年、革命が終息して故郷の上海に戻ることが許された。二年後、日中平和友好条約が締結されたので、これで『我去臼杵』の約束を果たすことが出来ると本当に嬉しく思った。だが、日本に手紙を出す機会が自分にはなかなか与えられなかった。

その後、一九八四年に改革開放政策が取られて、その後からは国外に誰でも手紙を自由に出すことが出来るようになった。

臼杵という地名を探し出し、橋本紀代子が岡島紀代子と同一人物だと分かった時、無事に故国に着いて良かったと心底思った。姓が変わっていた現実に、全く衝撃がなかったと言えば嘘になる。だが、日本に引き揚げ、人並みの家庭生活を築いているのが分かり、安堵したのも事実だ。

静芳から満津子の存在を知らされたが、おそらく穏やかな家庭生活を送っているのであろうから、自分の心とは裏腹に、そのことに深く触れるのは躊躇《ためら》われる。

本当は、今さらこんな手紙を出すべきではないのだろうが、余生が僅かになった今、私は書かずにはいられなかった。

七十歳になった私は今、パーキンソン病と診断されて、足元も覚束なく、ほとんど車椅子の生活となり、とても日本に行けるような状態ではない。手の震えは日増しに激しくなり、まともに字が書けるのもおそらくこれが最後になるかもしれない。

妻の座はずっと空いたままだが、今の自分にはもう何もしてやることが出来ない。日中戦争後の、長い時の流れが私たちの間を遥か遠くに隔ててしまった。

せめて、ヨ本で幸せに生活しているという便りが欲しい。私はそれを支えにして、残された人生を全うしようと思っている」

文字の乱れから、やっと手紙を書いたのだということも窺えた。昌之も同じ病で臥せっているのが、何か宿縁のように思えた。

上海に行きたい、ヤンビンに会いたいとどんなに思ったことか……。だが、昌之の介護を放り出して中国へ行くなど、出来るはずもなかった。

私に出来ることは、今までの想いのたけを文章に託す以外になかったが、共産圏の国にあって、彼に迷惑がかからないように、たとえ誰に読まれても構わないようにと、心の中を全て吐露することは出来なかった。二人の絆、満津子のことだけは詳しく書いた。

半年後、返事の代わりに私の元にもたらされたのは、ヤンビンの死を伝える静芳からの手紙だった。

余命が僅かとなってきた病の床の中で、今頃、あなたに父親のことを訊かれるとは思いもよらなかった。

私の体調に配慮したのか、今さら自分が生まれる前に亡くなった父親のことを訊いても仕方がないと思ったのか、自分の実の父親に関して、あなたがもう何も問いかけてこないのを良いことに、私は黙秘を決め込んだ。どうしても教えて欲しいと言われた時の答えは用意していた。かつて母に話したのと同じことを告げるだけだ。

「約束をしていたのに、まだ結婚もしないうちにガダルカナルで戦死したの。あなたはあの人の大切な忘れ形見。でも、私が初めて結婚した昌之を父親と思って欲しかったから、あなたには何も告げなかったのよ」

ずっと心の奥深くに仕舞い込んだままの秘め事を、もう誰にも明かすつもりはない。

千歳屋の二階で、頰を寄せ合って「色は匂へど散りぬるを」の意味を確かめ合ったあの日のことをまるで昨日のように思い出す。

あの時は二人共まだ若くて、色即是空の意味を定かには理解し得なかった。だが、今ならはっきりと解る。

花は咲いてもすぐに散ってしまうように、この世の中にずっと同じ形で存在し続けるものなんてありはしないのだ。形あるものは万物の仮の姿、いつかは消えてゆく儚いもの。夢や愛も絶望や憎しみと同じで煩悩に過ぎない、この人生も、この世界も、この世の目に見える全ての現象は実体のない幻想に過ぎない。いずれは変化して消えてなくなる空しいものなのだ。それがつまり色即是空なのだ。

険しい人生という山道を一つずつ乗り越えて行く間に、人生はあっという間に過ぎてしまう。形あるものも無いものも、全ていつかは滅びてしまう。だから、この世の煩悩に煩わされず、愛や憎しみ、幸福と不幸、それらを超越した時、人は仏陀と同じように自分の周りを慈悲の心で満たすことが出来るという、この大乗仏教の悟り、般若心経《はんにゃしんぎょう》の基本思想が年老いて理解出来るようになってきた。

長いと思っていた人生が、実はこんなにも短かったのだと悟った。

母親のハルを見送り、昌之の二十三回忌も済ませた。ヤンビンも既にこの世の人ではなく、私だけが今まで生き長らえてきた。

いつ旅立とうと、実体のないこの世に思い残すことはもう何もない。色即是空、今や私の心の中では全てが無である。

参考文献

福田利子『吉原はこんな所でございました』ちくま文庫、二〇一〇年
下川耿史、林宏樹『遊郭をみる』筑摩書房、二〇一〇年
森崎和江『からゆきさん』朝日新聞社、一九七六年
嶽本新奈『からゆきさん―海外〈出稼ぎ〉女性の近代』共栄書房、二〇一五年
倉橋正直『北のからゆきさん』共栄書房、二〇〇〇年
村田喜代子『ゆうじょこう』新潮社、二〇一三年
竹内智恵子『昭和遊女考』未来社、一九八九年
須賀しのぶ『芙蓉千里』角川文庫、二〇一二年
平塚柾緒著、太平洋戦争研究会編『図説・写真で見る満州全史』河出書房新社、二〇一〇年
小峰和夫『満洲―マンチュリアの起源・植民・覇権』講談社学術文庫、二〇一一年
椎野八束編『満州帝国の滅亡』新人物往来社、一九九七年
生田美智子編『満洲の中のロシア―境界の流動性と人的ネットワーク』成文社、二〇一二年

手島清美『少年の眼に映った満州』サンライズ出版、二〇一五年
田原和夫『ソ満国境 15歳の夏』築地書館、一九九八年
芳地隆之『ハルビン学院と満洲国』新潮選書、一九九九年
芳地隆之『満洲の情報基地ハルビン学院』新潮社、二〇一〇年
越澤明『哈爾浜（はるぴん）の都市計画』ちくま学芸文庫、二〇〇四年
小関久道『ハルピン・回想』文芸社、二〇〇二年
田中小太郎『ハルビン慕情』ドルージバ、一九九一年
加藤淑子『ハルビンの詩がきこえる』藤原書店、二〇〇六年
井上卓弥『満洲難民―三八度線に阻まれた命』幻冬舎、二〇一五年
藤原てい『流れる星は生きている』中公文庫、二〇〇二年
「太平洋戦争の年表」Ｗｉｋｉｐｅｄｉａ
「日中戦争」小林英夫 『大百科事典』平凡社

この作品はフィクションであり、実在する人物・
団体等とは一切関わりがありません。

〈プロフィール〉

藤本　美智子（ふじもと　みちこ）

1940年生まれ。東京都八王子市在住。薬剤師、日本語教師。

「白菊の花束」で、第15回日本新聞協会エッセー賞受賞。

「赤いカンナの花の下に」で、第14回ふくい風花随筆文学賞優秀賞と、第14回仁愛女子短期大学賞を同時受賞。

「古希に立つ」が江古田文学95号に掲載。他に著書「シルダリヤ川に流した赤い糸」がある。

色《いろ》は匂《にほ》へど散《ち》りぬるを
夢幻《むげん》の哈爾濱《ハルビン》

2018年11月6日　第1刷発行

著　者　　藤本美智子
発行人　　久保田貴幸

発行元　　株式会社 幻冬舎メディアコンサルティング
〒151-0051 東京都渋谷区千駄ヶ谷4-9-7
電話 03-5411-6440（編集）

発売元　　株式会社 幻冬舎
〒151-0051 東京都渋谷区千駄ヶ谷4-9-7
電話 03-5411-6222（営業）

印刷・製本　中央精版印刷株式会社
装　丁　　江草英貴

検印廃止

Printed in Japan
ISBN 978-4-344-91874-0　C0093
幻冬舎メディアコンサルティングHP
http://www.gentosha-mc.com/